ちくま文庫

ヘンリー五世

シェイクスピア全集30

松岡和子 訳

筑摩書房

King Henry V

目次

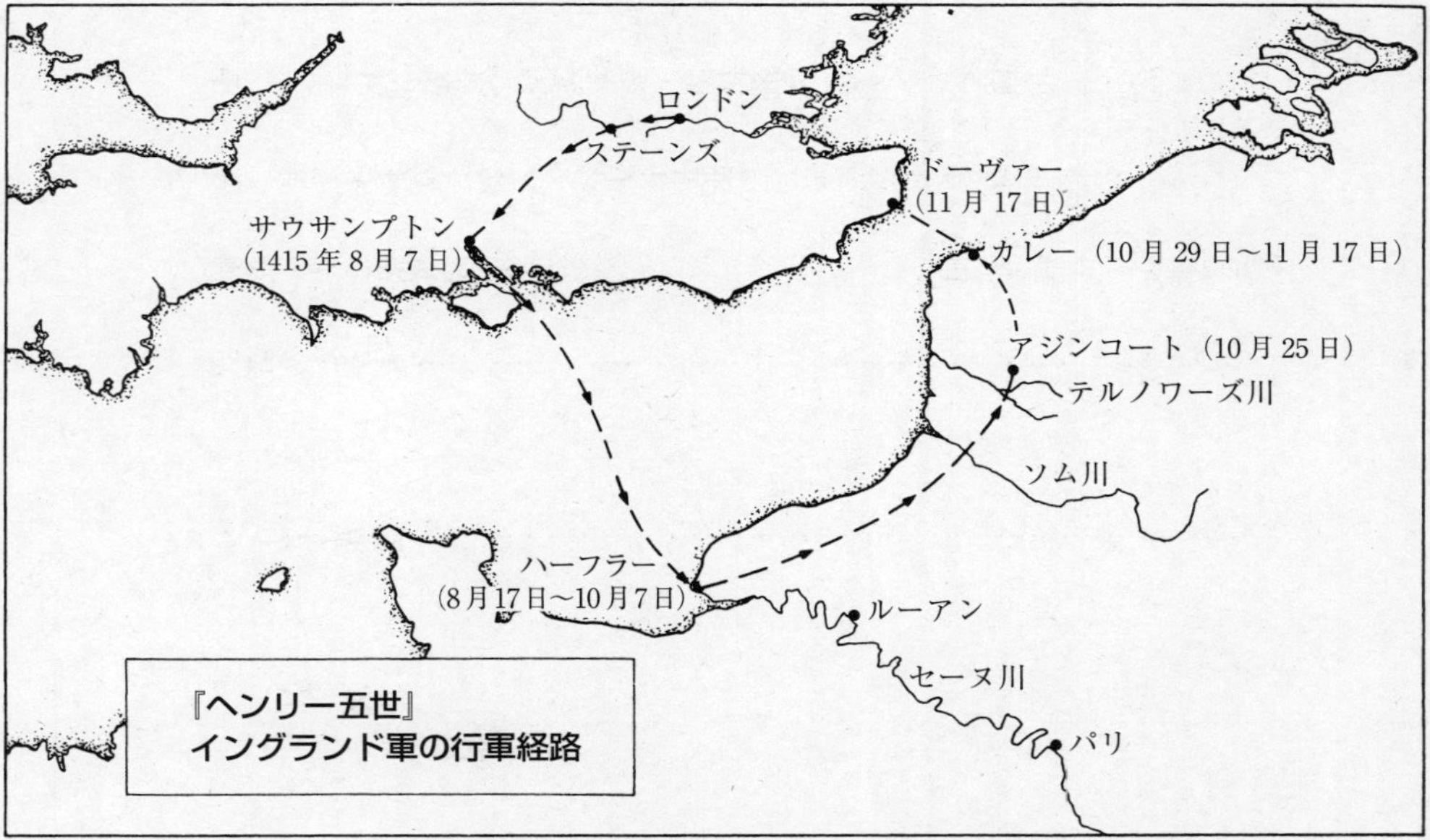
ロンドン
ステーンズ
ドーヴァー
(11月17日)
サウサンプトン
(1415年8月7日)
カレー（10月29日～11月17日）
アジンコート（10月25日）
テルノワーズ川
ソム川
ハーフラー
(8月17日～10月7日)
ルーアン
セーヌ川
パリ
『ヘンリー五世』
イングランド軍の行軍経路

ヘンリー五世

人物

イングランド王ヘンリー五世

クラレンス公爵
ベッドフォード公爵
グロスター公爵
　王の弟たち

エクセター公爵　王の父ヘンリー四世の異母弟

ヨーク公爵　王の父ヘンリー四世の従弟

ハンティングドン伯爵

ソールズベリー伯爵

ウォリック伯爵

ウェスモランド伯爵

ケンブリッジ伯爵リチャード
[*1]マサムのスクループ卿ヘンリー
サー・トマス・グレイ
　王に対し陰謀を企てる

カンタベリー大司教
イーリー司教

サー・トマス・アーピンガム
フルエリン（ウェールズ人大尉）
ガワー（イングランド人大尉）
ジェイミー（スコットランド人大尉）
マクモリス（アイルランド人大尉）
王軍の将校たち

ジョン・ベイツ
アレグザンダー・コート
マイケル・ウィリアムズ
王軍の兵士たち

イングランドの伝令

バードルフ ニム ピストル	サー・ジョン・フォルスタッフの仲間
フォルスタッフの小姓	
居酒屋の女将《おかみ》ネル	かつてのクイックリー夫人、今はピストルと結婚している
フランス王シャルル六世	
フランス王妃イザベル	
フランス皇太子ルイ	彼らの息子
フランス王女キャサリン	彼らの娘
アリス	キャサリンの侍女
ベリー公爵	
ブルボン公爵	
ブルターニュ公爵	
ブルゴーニュ公爵	
オルレアン公爵	

フランス軍司令官シャルル・ダルブレ
グランプレ伯爵
ランビュアズ卿
ハーフラー市長
モントジョイ　フランス軍伝令
イングランド王への使節二名*2
ル・フェール　フランス軍兵士
フランスの使者

コーラス（説明役）

従者たち、貴族たち、兵士たち、ハーフラーの市民たち

場所　イングランドとフランス

*1　Masham　北ヨークシャーの町。
*2　人数はシェイクスピアが材源としたラファエル・ホリンシェッド『イングランド、スコットランド、アイルランドの年代記』による。

プロローグ

コーラス（説明役）登場。

コーラス　おお、*1火と燃えるミューズよ、創造の
輝かしい天の頂《いただき》へと昇り、授けたまえ、
舞台には王国を、登場人物には王侯貴族を、
壮大な芝居の観客には君主たちを！
すると勇猛果敢なヘンリーが、その身にふさわしく
*2軍神マルスの姿で現れ、足元には*3飢餓《きが》と剣と火が
*4革紐に繋《つな》がれた猟犬のごとくうずくまり、
即座に務めを果たそうと身構える。だがお許しください、紳士
淑女の皆様、
凡庸で気の抜けた役者風情《ふぜい》が臆面もなく、

＊1
O for a muse of fire　O for... は「for 以下のもの」が欲しい、「火のミューズが欲しい」ということ。「火」は地水火風（earth, water, fire, air）という四大（物質界を構成する四元素）のうち最高の要素とされた。Muse はギリシャ神話のムサイ、ゼウスとティタン族のムネモシュネ（「記憶」の意）との九人の娘たち。単数形はムサ。美術、音楽、文学の女神で、のちに歴史、哲学、天文学などより広い知的活動を司る女神たちとされた。

＊2
Mars　ローマ神話の軍神。ギリシャ神話のアレスに当たる。

＊3
famine, sword, and fire

このしがない板の上でかくも偉大な情景を
繰り広げることを。この闘鶏場まがいの小屋に
広大なフランスの戦場を収めることができましょうか？
あるいはまた、この木造のOの字型の劇場に[*1]
[*2]アジンコートの空気を震えあがらせた無数の兜《かぶと》を
詰め込むことが叶いましょうか？
ああ、お許しください、輪をなす文字は数字にすれば
ゼロですが、末尾につければ百万をも表せます、
そしてどうか、総勢百万に対するゼロに等しい私どもが
皆様の想像力に働きかけるのをお許しください。
ご想像ください、皆様を取り巻くこの壁の中に
強大な二つの王国がいま閉じ込められ、
[*3]頭突《ずつ》きし合わんばかりにそそり立つ高い額《ひたい》を
狭く危険な海峡が分かちへだてているのです。
私どもの力及ばぬところは、皆様の想像力で補ってください、
一人の役者が千人の役を務め、
眼前には大軍がひしめくとお思いください。

古来戦争の三種の武器とされた。『ヘンリー六世』第一部、四幕二場でトールボットも Lean famine, quartering steel, and climbing fire... を挙げてボルドー市民に迫る。「（ボルドー市民が和平の申し出を拒むなら）諸君は私に従う三つの災いを誘い込むことになる、／すなわち痩せこけた飢餓、惨殺の剣、燃え上がる炎だ」（ちくま文庫版一三〇頁）

＊4　Leashed in like hounds　猟犬は三頭一組で一本のリードにつなぐのが通例。

＊1　this wooden O　有名なフレーズ。「この木造のO（オー）」と呼ばれる劇場がカーテン座を指すのかグロ

私どもが馬と言えば、誇らしげな蹄《ひづめ》を大地に印《しる》す
駿馬《しゅんめ》の群れをご覧になる。なぜなら
皆様の想像力こそが、私どもの王を本物のように美々《びび》しく飾り、
彼らをあちらへまたこちらへと運び、時を飛び越え、
*1数年かけて成し遂げられた事どもを砂時計の
一時間に変えるのですから。その時空《じくう》の旅の一助として
わたくしをこの物語の説明役と思《おぼ》し召すよう、また*2いかにも
口上役らしく、皆様にご辛抱いただくよう、乞い願います、
私どもの芝居をご好意をもってご覧になりご高評くださいます
よう。　（退場）

ーブ座のことかでは意見が分かれる。

*2
Agincourt　英語読みではアジンコート、フランス語の地名はAzincourt（読みはアザンクール）。フランス最北部の地域圏にある村。パリの北約一六〇キロあまり。

*3
the perilous narrow ocean　英仏海峡のこと。両国のfronts（額、前線）とはドーヴァー（英）とカレー（仏）のこと。

*1
th' accomplishment of many years　実際には一四一五年から二〇年までに起こったこと。

*2
Prologue-like　前口上を語

第一幕[*1]

第一場　ロンドン[*2]、王宮の控えの間

カンタベリー大司教とイーリー司教登場。

カンタベリー　イーリーの司教、よろしいか、例の法案が
また議会に提出された、先王[*3]のご治世《ちせい》十一年目に
我々の反対を押し切って通りかけたやつだ、
だが騒然とした不穏な時勢に照らして
審議は打ち切られ、棚上げとなった。

イーリー　しかし大司教、今度はどうやって阻止すれば？

カンタベリー　よく考えねばならん。我々の意に反して

るプロローグ役は黒いベルベットの長いガウンを着るのが慣いだった。

＊1　一六二三年に出版されたシェイクスピアの戯曲全集、第一・二つ折本（The First Folio、以下F）ではActus Primus. Scoena Prima.（ラテン語で「第一幕第一場」）はあるが、これ以降は幕割りのみ。ただし、第二幕の区切りはせず、本来「第三幕（Actus Tertius）」とすべきところに「第二幕（Actus Secundus）」と記し、その後はずれる。一六〇〇年に出版された第一・四つ折本やそれ以後の四つ折本（Quart、以下Q）にも幕割りはあるが場割りはない。

＊2

あの法案が通れば、我々の領地の大半が失われる。
敬虔な信者が教会に遺贈した
土地のすべてが剝《は》ぎ取られるからだ、
その土地の評価格で出来るのは、
王の体面を保つために
伯爵十五名、騎士千五百名、
*郷士《ごうし》六千二百名を養うこと、
そしてらい病患者や虚弱な老齢者、
肉体労働に耐えられない病気の貧者などを救済するために、
設備の整った救護院を百箇所に建てること、
さらに王の金庫に年一千ポンド入る。
今度の法案はそう明記している。

イーリー　丸呑みにされますね。

カンタベリー　盃ごと飲まれる。

イーリー　しかしそれを阻《はば》むには？

カンタベリー　国王は神の恩寵を受けて恵み深く公明正大だ。

イーリー　そして聖なる教会を心底《しんそこ》愛しておられる。

FにもQにも場所の指定はない。また、ト書きもほとんど後世の編注者による。本訳のト書きは基本的にアーデン・シェイクスピア版第三シリーズ（以下、アーデン3）による。

*3　th'eleventh year of the last king's reign　「先王」とは一三九九年十月に即位したヘンリー四世、その「治世十一年目」とは一四一〇年のこと。この年、ウェールズの豪族オーウェン・グレンダワーが最後の叛乱を試みる。

*　esquire　騎士（knight）のすぐ下の位に属す紳士階級。

カンタベリー　お若い頃の行状からは予想もつかなかったことだ。
父君が息を引き取るやいなや
王子の放埒《ほうらつ》も息の根を止められ
死んだらしい。そうとも、まさにその瞬間、
熟慮反省が天使のように現れて
彼の中から罪深いアダムを鞭《むち》で叩き出し、
あのお体を楽園にして、
神々《こうごう》しい精神を包み込ませたのだ。
あれほどにわかに学者が生み出された試しはない、
あれほど怒濤[*1]の勢いで改悛の情があふれ
押し寄せ、悪徳を洗い流した試しもない、
また、無数の頭の怪獣ヒドラ[*2]のような勝手気ままが
この王の場合のように、たちまちその座を一挙に
失った試しもない。
イーリー　この変貌は我々にとって幸いです。
カンタベリー　王の神学論を聞けば、
感嘆のあまり、いっそ国王ではなく聖職者に

＊1
Never came reformation in a flood/ With such a heady currence scouring faults.　ギリシャ神話のヘラクレスに課された十二の難行の一つ「アウゲイアスの家畜小屋」（五番目の難行）への言及とされる。アウゲイアスは太陽神ヘリオスの息子でエリスの王。彼の家畜小屋は一度も掃除をしたことがないため糞が山積していた。ヘラクレスは川の流れを利用して糞を押し流し、小屋を一日で掃除した。

＊2
Hydra　これの退治もヘラクレスの難行の二番目。ヒドラ（ヒュドラ）はレルネの沼沢地に棲む水蛇で、胴体は犬、頭は五個から百個あるとされ、一つ切り落と

なってもらいたいと密《ひそ》かに願うだろう。
国政について論じるのを聞けば、
一心不乱に学んでこられたと分かるだろう。
王の戦争の話に耳を傾ければ、恐ろしい戦いも
音楽の調べに聞こえるだろう。
政治上の問題を扱わせれば、
*ゴルディオスの結び目のような解き難い難問も、
まるで自分の靴下留めをほどくように
あっさり解いてしまう、そこで王が話し出すと、
好き勝手に吹き回っていた風もぴたりと止み、
声にならない驚きが人々の耳でひそかに待ち受け、
蜜のように甘い言葉を盗み取ろうとする。
むろん生活における実践と経験が
この理論の生みの親に違いない。
だが陛下がどうやってそれを習得なさったかは謎だ。
なにしろ馬鹿げた悪ふざけにうつつを抜かし、
付き合う仲間は無学で粗野で浅薄《せんぱく》、

すと二つ生えてくると言われた。

* The Gordian knot　フリギア（古代アナトリア、現在のトルコ）の王ゴルディオスが戦車のくびきを心棒に結わえ付けた結び目を解く者はアジアを征服するという神託が出ていた。マケドニアのアレキサンダー大王がそれを剣で切り落とした。

飲めや歌えのどんちゃん騒ぎや遊興三昧《ざんまい》に明け暮れ、
勉学に励むところなど誰一人見たことがなく、
下々《しもじも》が群れ集う盛り場から離れて
独り引きこもることなど皆無だったのだから。

イーリー　イチゴ[*1]はイラクサ[*2]の陰で育ち、
健やかな実がもっとも見事に熟《う》れるのは
悪い実と隣り合わせになったときです。
それと同じく王子も、乱痴気騒ぎという
ヴェールの陰に隠れて物ごとをじっくり考えていた、
それが紛れもなく夏草のように、夜のうちにぐんぐんと
人目に触れぬまま育った。生来《せいらい》のお力に応じてのことです。

カンタベリー　その通りだろう、もう奇跡の時代は終わったのだから、
我々にしても、物ごとが完成するには必ず理由があると
認めざるを得ない。

イーリー　しかし、大司教、
庶民院議員提出の厳しい法案が

＊1
代々のイーリー司教の邸宅はロンドンのホーボーンにあり、その庭園のイチゴは有名だった。『リチャード三世』三幕四場でグロスター公リチャードはイーリーの司教にイチゴを所望する（ちくま文庫版一三九頁）。

＊2
nettle　イラクサはシェイクスピア劇では有害で不快なものとして度々言及される。『リチャード二世』三幕第二でリチャードは大地に呼びかけ「刺（とげ）だらけのイラクサを茂らせて私の敵どもを苦しめろ」と言う（ちくま文庫版一〇五頁）。

修正される見通しは？　陛下は法案に賛成なのか、
反対なのか？
カンタベリー　陛下は中立のようだ、
だがどちらかと言えばこちらの味方だろう、
我々と対立する側を贔屓《ひいき》なさるのではなく。
というのも、私は聖職者会議を代表して
陛下にある申し出をしたのだ、
と同時に差し迫った諸問題についても
全般にわたってご説明した、
フランスに関しては、これまでの聖職者会議が
歴代の国王に一どきに献金したいかなる額よりも
多くの金を陛下に差し上げると申し出た。
イーリー　その申し出はどうなりましたか、大司教？
カンタベリー　陛下は快くお受けくださった、
ただ、時間が足りずお聞きいただけなかったことがある、
陛下は聞きたがっておいでのようだったが、
つまり幾つかの公爵領と、陛下の曾祖父エドワード三世*に

* Edward, his great-grand-father（在位一三二七〜七七年）父はエドワード二世、母はフランス王フィリップ四世の娘イザベル。一三四八年にガーター騎士団を創設。長男の黒太子（ブラック・プリンス）が早世したため、一三七七年に王位を継いだのは孫のリチャード二世。

由来するフランスの王位への権限について
詳細にまた反論の余地なく筋道立てて
ご説明するつもりだったのだが。
イーリー 何か邪魔が入ったのですか？
カンタベリー あいにくそのときフランスの使節が
拝謁を願い出た、そろそろ使節の話を
お聞きになるころだろう。もう四時かな？
イーリー はい。
カンタベリー では我々も奥へ行き、使節に託された事項を確かめよう、
もっとも、私にはその趣旨は察しがつくし明言できる、
そのフランス人が一言もしゃべらなくとも。
イーリー お伴します、私も聞きたくてなりません。（二人退場）

＊1
the King　ヘンリー五世（一三八七年九月十六日生まれ、在位一四一三～二二）、ヘンリー四世の長男。
＊2
Gloucester　Humphrey 王の弟（一三九一～一四四七）、ヘンリー四世の四番目で末の息子。『ヘンリー四世』第二部に脇役で登場、『ヘンリー六世』第一部と第二部ではイングランドの摂政として大きな役割を演じる。アジンコートの戦いで負傷。
＊3
Bedford　John（一三八九～一四三五）王の弟、ヘンリー四世の三男。『ヘンリー四世』第一部と第二部にはランカスター公ジョンとして登場、第二部では大きな役割を果たす。『ヘンリ

第二場　同じ王宮の謁見の間

王ヘンリー[*1]、グロスター公爵[*2]、ベッドフォード公爵[*3]、クラレンス公爵[*4]、ウォリック伯爵[*5]、ウェスモランド伯爵[*6]、エクセター公爵[*7]、従者たち登場。

王　恵深い我がカンタベリー大司教はどこにおいでだ？

エクセター　ここにはまだ。

王　呼びにやってください、叔父上。

（従者退場）

ウェスモランド　使節を呼び入れましょうか、陛下？

王　いやまだだ、従兄[*8]よ、彼の話を聞く前に、余とフランスに関わる重要ないくつかの事柄についてじっくり考え、迷いを払いのけておきたい。

ー五世』と『ヘンリー六世』第一部にはベッドフォード公として登場。後者ではフランスの摂政、三幕二場で死の模様が描かれる（ちくま文庫版一〇〇～一〇五頁）。

＊4　Clarence Thomas（一三八八～一四二一）王の弟、『ヘンリー四世』第二部に脇役で登場。アルフルール（ハーフラー）の戦いで捕虜になり、病を得てイングランドに帰国。

＊5　Warwick Richard de Beauchamp（一三八二～一四三九）『ヘンリー六世』第一部のフランスの場に登場。アジンコートの戦いには参加せず、カレー駐留軍の将軍。

カンタベリー大司教とイーリー司教登場。

カンタベリー　神と天使たちが陛下の聖なる玉座を守り、
陛下を末永くその座にふさわしいものとなさいますよう！

王　そうだな、ありがとう。
博学な大司教、公正で宗教的な見地から、
あなたに見極めてほしいことがある、
*フランスのサリカ法が余のフランス王位への
要求を阻むものか否かということだ。
だが親愛にして敬虔なる大司教、断じてしてならぬのは、
法の解釈を変えたり、歪めたり、ねじ曲げたりすること、
また、詭弁《きべん》を弄《ろう》して不当な権利を、つまり
本来真実とはそぐわぬ偽りの権利を主張し、
あなたの魂に疚《やま》しさという重圧をかけることだ。
なぜなら、大司教の勧めどおりに余が試みれば
いま健康な者たちのいかに多くが血を流すか、
神はそれをご存じだからだ。したがって

*6 Westmorland Ralph Neville（一三六四〜一四二五）王の祖父ジョン・オヴ・ゴーントの娘ジョーン・ボーフォートの夫。伯爵。

*7 Exeter Thomas Beaufort（一三七七?〜一四二六）王の叔父、ジョン・オヴ・ゴーントとキャサリン・スィンフォードの子、つまりヘンリー四世の異母兄弟。一四一二年にドーセット伯に、一四一六年にエクセター公爵に叙せられる。『ヘンリー六世』第一部に登場。

*8 my cousin と呼びかけている。貴族間で姻戚関係にある場合は血縁の従兄弟でなくともこう呼んだ。

慎重に考えるのだ、いかに余の生命を危険にさらすか、
いかに余の眠れる武器を目覚めさせるかを。
神の御名《みな》において命ずる、慎重に考えろ。
なぜなら、これほど強大な二王国が争えば
大量の流血を見るは必定《ひつじょう》、その罪なき血の
一滴一滴が嘆きのこもる呪いであり、痛烈なうらみであり、
それらが狙う的はこの私、非道な行いによって剣先を鋭利にし、
人間の短い命を打ち砕くことになる私だからだ。
大司教、この厳粛な訴えを心に留めて言ってくれ、
そうすればあなたの言葉に耳を傾け、胸に刻み、心から信じよ
う、
人間の原罪が洗礼によって清められるように
あなたの発言があなたの良心によって洗われていることを。
カンタベリー　ではお聞きください、陛下、ならびに
この帝王の座に全身全霊と命と忠誠を
捧げておいでの諸卿。陛下のフランス王位への
ご要求を阻むものは何もございません、ただし

＊ the law Salic　女性には王位継承権はないとするフランスの法典。もっとも、サリカ法そのものに女性の継承権をしりぞける条項があるわけではなく、エドワード三世のフランス王位要求に対抗するためにとられた解釈だという。

一つ、かのファラモン王[*1]から伝わる条文、
In terram Salicam mulieres ne succedant.
「サリカの地にて女子は相続するを得ず」がございますが。
そのサリカ国をフランス人は不当にもフランス領と見做《みな》し、
ファラモン王を、女子の王位継承を禁じたこの法律の
制定者としております。
ところがこの法を起草した者たちは
サリカ国がドイツ領内のエルベ川とザール川のあいだ
にあると断固明言しているのです、
カール大帝はサクソン人[*2]を制圧し、
その地に若干のフランス人を残して
定住させましたが、フランス人はドイツ人女性の
ふしだらな生活ぶりを軽蔑し、
それゆえにこの法律を定めたのです、すなわち
「[*3]サリカの地にて女性は継承者たり得ず」。
サリカ国は、いま申し上げたようにエルベ川とザール川の間に
位置し、現在はドイツでマイセンと呼ばれている地域です。

＊1
Pharamond　フランク王国サリカ支族の伝説上の王。フランク王国は、五世紀後半にゲルマン人の部族、フランク人によって建てられた王国。カール一世（大帝、フランス語ではシャルルマーニュ、七四二〜八一四）の時代には、現在のフランス・イタリア北部・ドイツ西部・オランダ・ベルギー・ルクセンブルク・スイス・オーストリア及びスロベニアに相当する地域を支配し、イベリア半島とイタリア半島南部、ブリテン諸島を除く西ヨーロッパのほぼ全域に勢力を及ぼした。

＊2
Saxons　サクソン人とは、ドイツ北部のゲルマン民族で、五〜六世紀にアングル族（Angles）、ジュート族

従ってこのサリカ法はフランス王国のために
制定されたのではない、それは明々白々です。
またフランス人がサリカ国を領有するにいたったのは、
何の根拠もなくこの法の制定者とされた
ファラモン王の没後
＊1四百年ほど経ってからのことです、
王が亡くなったのは
紀元四二六年、そしてカール大帝が
サクソン人を征服し、フランス人を
ザール川の対岸に定住させたのは
八〇五年なのですから。そのうえフランスの歴史家によれば、
＊2シルデリック王を退位させた＊3ピピン三世王は、
＊4クロタール王の娘ブリシルドの後裔《こうえい》だったため、
母系か父系かを問わず相続権を持つ一般相続人として
フランスの王位を要求しました。
また、カール大帝の正真正銘の直系であり唯一の
男子継承者だった＊5ロレーヌ公シャルルから

(Jutes) と共にイングランドを侵略し、融合してアングロサクソン族となった。ドイツ語読みではザクセン。

＊3 ラテン語訳の英語は No woman shall succeed in Salic land. ここでカンタベリーが「すなわち」と言って引用する文言は No female should be inheritrix in Salic land. ちなみにシェイクスピアが材源としたホリンシェッドの「年代記」では前者は Into the Salike land let not women succeed. であり、後者は The female should not succeed to any inheritance within that land. となっている。

＊1 シェイクスピアもホリンシェッドも (not until) four

王位を簒奪《さんだつ》したユーグ・カペー*1も、その主張を
まことしやかに飾るため、しかし曇りない真《まこと》を申せば、
根も葉もない不正な主張でしたが、自らを
禿頭《とくとう》王*2シャルルの娘ランガール姫の
跡継ぎであるとふれこみました。禿頭王は
カール大帝の息子ルイ一世王の
そのまた息子です。またルイ九世*3は
王位簒奪者カペーの唯一人の継承者でしたが、
フランスの王冠を戴いて内心おだやかでなく、
ようやく安らかな心持ちになったのは、彼の祖母、
かの麗しきイザベル*4王妃がいま申し上げたロレーヌ公シャルル
の娘
エルマンガールの直系だと分かったときです、
イザベル*5とフィリップ二世の結婚により、カール大帝の血筋が
フランスの王冠と再び結びついたわけですから。
以上のことから夏の太陽のごとく明らかになるのは、
王ピピンの称号も、ユーグ・カペーの主張も、

hundred one- and- twenty years（四二一年後）としているが、実際は三七九年後。

*2 Childéric（在位七四三〜五一）シルデリック三世。

*3 King Pépin（在位七五二〜六八）フランク王国カロリング朝の創始者、カール大帝（シャルルマーニュ）の父。

*4 King Clothair（在位五一一〜六一）クロタール一世。

*5 Charles the Duke of Lorraine（在位九七七〜九三）

二六頁の注

*1 Hugh Capet（在位九八七〜九六）カペー王朝の創始

王ルイの心の安らぎも、すべてがはっきりと
女系の後継者に正当な権利を認めていることです。
今日までの歴代のフランス王にしても同じです、
もっとも、彼らはこのサリカ法を盾に取って、
陛下[*1]の女系による王位継承権のご要求を阻もうとしており、
陛下と陛下のご先祖から簒奪した
不正な称号を白日のもとにさらすより、
もつれた網のように込み入った議論に身を隠していたいのです。

王　私は良心に恥じることなくこの権利を要求できるのだな?

カンタベリー　畏れ多き陛下、[*2]さもなくば罪がこの頭上に
降りかかりますよう。なぜなら旧約聖書「民数記」にも
あるとおり「人がもし息子なくして死なば、その遺産を娘に与
うべし」。
恵み深い陛下、ご自分の正当な権利のために
立ち上がり、血染めの旗を広げ、
強大なご先祖を思い返してください。
畏れ多き陛下、要求なさる権利の源はご曾祖父エドワード三世

者。

＊2　原文では、ホリンシェッドの間違いを踏襲して Charlemagne となっており、このままだと「シャルルマーニュ」すなわちカール大帝のことになってしまう。正しくは Charles Ⅱ シャルル二世、つまり Charles the Bald（禿頭王シャルル）というあだなを持つ王。父はカール大帝の三男ルイ敬虔王（ルイ一世、ルートヴィヒ一世）、つまりカール大帝の孫である。

＊3　King Louis the Ninth　ホリンシェッドは「九世（Ninth）」とすべきところを誤って「十世（Tenth）」とし、シェイクスピアもそれを踏襲したが、多くの今日の原文テクストはこのよ

王、
そのご霊廟に詣《もう》で、武勇の御霊《みたま》のご加護を
祈願なさるのです。大叔父君エドワード黒太子《こくたいし》の御霊にも。
*黒太子公は、フランスの土地を舞台にしてフランスの
全軍を壊滅させるという悲劇を演じられました、
その間《かん》強大なうえにも強大なその御父君《おんちちぎみ》は
丘の上に立ち、子獅子がフランス貴族どもの血を
貪りつくすのを笑顔で眺めておいでだった。
おお、高貴なるイングランド軍は、兵力の半数をもって
フランスの精鋭全軍と交戦し、
残る半数は笑いながら高みの見物、
戦うことなく寒い思いをし、手持ち無沙汰だったとか。
イーリー　死して武勇の名を残したお二人の記憶を目覚めさせ、
陛下の力強い腕でその偉業を再現なさるのです。
陛下はお二人の後継者であり、同じ玉座についておられる、
お二人の令名を高めた血と勇気は陛下の血管を
流れています。威力も勢力も盤石《ばんじゃく》な我が国王は

うに校訂している。

*4
fair Queen Isabel　ルイ九世の祖父であるフランス王フィリップ二世（一一八〇〜一二二三、尊厳王）の妃イザベル・ド・エノー。

*5
原文ではただ by the which marriage（この結婚により）とあるだけだが、分かり易くするために名前を補った。イザベルとフィリップ二世の結婚は、カロリング家とカペー家の結合とみなされた。

二七頁の注

*1
フランスのフィリップ四世の娘イザベル（イザボー）がイングランドのエドワード二世と結婚し、ヘンリー五世の曾祖父エドワード三

*いまや若さみなぎる五月の朝、
満を持して壮大な軍事計画を実行に移される時です。
エクセター　陛下のご兄弟である全世界の国王や君主が
こぞって期待しているのは、陛下の獅子奮迅のご活躍です、
陛下と同じ血脈のいにしえの獅子たちのような。
ウェスモランド　彼らは、陛下がそのための大義も財力も武力も
お持ちだと分かっています、事実、陛下はそれらをお持ちです、
これほど裕福な貴族や忠実な臣民に恵まれたイングランド王は
陛下のほかは皆無でした、彼ら臣民の心はすでにここ
イングランドにある肉体を離れフランスの戦場に陣を張ってお
ります。
カンタベリー　ああ、親愛なる陛下、彼らの肉体にも心のあとを
追わせてください。血と剣と火をもって陛下の権利を勝ち取る
ために。
その一助として、我々宗教界にある者は
陛下のために必ずや巨額の資金をお集めします、
かつて聖職者たちが陛下のどのご先祖のためにも

世を産んだことを指す。系図①②参照。

*2
When the man dies, let the inheritance descend unto the daughter. 旧約聖書「民数記」第二十七章第八節には If a man die, and have no son, then ye shall cause his inheritance to pass unto his daughter. とある。シェイクスピアが省略した and have no son を補って訳した。なお日本語訳の聖書では inheritance を「嗣業（しぎょう）」と訳しているが、難解と思われるのでここでは「遺産」とした。日本聖書協会の新共同訳では「ある人が死に、男の子がないならば、その嗣業の土地を娘に渡しなさい」。

募ったことがないほどの額になるはずです。
王　我々はフランス侵攻のために軍備を整えるだけでなく、
対スコットランド防衛にも兵力を割《さ》かねばならない。
彼らはあらゆる機会を捉えて
侵入してくるだろうから。
カンタベリー　でしたら、慈悲深き陛下、国境警備隊が
十分な防壁になり、コソ泥じみたそのような侵入者から
国をしっかり守ります。
王　余が言っているのは馬賊どものことだけではない、
スコットランドの総攻撃を恐れているのだ、
彼らは常に当てにならない隣人だった。
歴史を一読すれば分かるが、スコットランドは
私の曾祖父がフランスに遠征すれば必ず、
手薄になったこの王国になだれ込んできた、
防波堤の決壊箇所を打ち破るような軍勢は
溢れんばかりの勢いだった、彼らは
刈り入れ後の大地さながらの無人の国土を踏みにじり、

二八頁の注
＊　一三四六年のクレシー（Crécy）の戦いのこと。黒太子（ブラック・プリンス）と呼ばれたエドワード三世の長男エドワードが指揮をとった。七四頁脚注も参照。

二九頁の注
＊　一三八七年九月生まれのヘンリー五世はこの時点で二十七歳。

城や町を包囲し、苛烈な攻撃を仕掛けてきた、
そのため無防備なイングランドは
この悪しき隣人に震えおののいた。
カンタベリー　しかし怯《おび》えはしても無傷ですみました、陛下。
イングランドが自ら語る先例をお聞きください。
騎兵隊全軍がフランスに出兵し、
貴族全てが出払ってイングランドが未亡人同然になったときも、
この国は自らをよく守ったばかりか、*スコットランド王を
捕らえ迷子の家畜のように檻に入れて
フランスへ護送。彼を捕虜になった王たちの仲間に加え、
エドワード三世の名声を一層高め、
我が国の年代記を賞賛の言葉で豊かにしたのです、
難破船の数え切れない財宝が埋まった
海底の軟泥《なんでい》のように。
ウェスモランド　しかし、非常に古いが真実を突く格言がありま
す、　「フランスを勝ち得んと欲すれば

＊　エドワード三世がフランスに遠征し、カレー包囲戦中の一三四六年十月十七日、スコットランドのデイヴィッド二世はネヴィルズ・クロス（Neville's Cross）の戦いで捕虜になった。

まずスコットランドから手をつけるべし」
なぜならイングランドという鷲《わし》が獲物を探しに飛び立つと、
親鳥のいない無防備な巣にスコットランドというイタチが
こっそり忍び寄り、王者の卵を吸い尽くすからです、
猫の居ぬ間のネズミよろしく、食べ切れないくせに
嚙んだり千切ったり、巣をめちゃめちゃにしてしまう。

エクセター すると猫は家から出るなということか。
それはこじつけも甚だしい必要論だ、
なぜなら必要な物を守るには錠前があるし、
けちなコソ泥を捕まえるには姑息《こそく》な罠で事足りる。
武装した手が海外で戦っているあいだ、
思慮深い頭は本国で自衛する。
というのも国政は、高い部署、低い部署、より低い部署に
分かれているが、それぞれ互いに相和《あいわ》し
ひとりでに完全な終止部へと流れ着く、
各パートに分かれた音楽と同じだ。

カンタベリー そうです。だからこそ天は

人体という王国を様々な機能に応じて分割し、
各々《おのおの》の部分が絶えず活動するよう
努力を促《うなが》している、その努力にしっかり結びついた
目標というか目的は服従です。蜜蜂もそうです、
彼らは自然の法則に則《のっと》って、秩序ある行為を
人間の王国に教えてくれる。
＊彼らには王がおり、様々な種類の役人がいる、
ある者はたとえば行政官のように巣の中で法を施行《しこう》し、
ある者は商人のように外に打って出て交易し、
ある者は兵士のように針で武装して
夏のビロードのような蕾《つぼみ》に攻撃をしかけ、
その戦利品を陽気な行進曲を奏でつつ
王の本陣に運んできます、
王は王としての職務にいそしみ、監督しているのです、
鼻歌まじりに黄金《おうごん》の屋根を葺《ふ》く石工《いしく》を、
蜂蜜をこねあげる勤勉な市民を、
重荷をしょって狭い城門に群がり

＊ They have a king. 一五八六年、ルイス・メンデス・デ・トーレスが指摘するまで女王蜂はオスだとみなされていた。この知見がイングランドに届くのは一六〇九年。

通り抜けてゆく哀れな労働者を、
青ざめた顔の死刑執行人にあくび混じりの怠け者を
＊険悪な唸り声をあげて引き渡す
厳《いか》しい顔《め》つきの判事を。そこで私の結論はこうです、
多くの物ごとは、一つの共通目的に結びついていれば、
互いに異なる働きをしていても全くかまわない、
多くの矢が四方八方から放たれても
一つの的に集中するように、
多くの道が一つの町で出会うように、
多くの川の流れが一つの海で出会うように、
多くの線が日時計の中心に集まるように。
同じく何千という行動も、ひとたび踏み出せば
一つの目標に達します、万事うまく運んで
何の支障もありません。ですからフランスへ、陛下。
この幸せなイングランドを四つに分け、
その四分の一を率いてフランスに進撃なさいますよう、
それだけでガリア全土が震え上がります。

＊ with his surly hum 蜂のブンブンいう羽音のこと。

国に残った我々がもしその三倍の兵力を託されて
あの犬から我が国の門戸《もんこ》を守れないなら、我々が
その牙でずたずたになり、武勇と健全な政治手腕という
我が国の名声を失ってもかまいません。

王　フランス皇太子の使者を呼び入れよ。

（数名の従者退場）

これで余の疑念は氷解し心も決まった。神のご加護と
余の力の気高い支柱である諸卿の助力により、
フランスが余のものである以上、彼らを畏怖させ
頭《こうべ》を垂れさせるか、さもなくば木っ端微塵《みじん》に打ちのめすかだ。
フランス及びフランスに帰属する＊1王国に等しい公爵領を
絶対的支配力のもとに統治するか、さもなくば
この身の骨は粗末な壺に入れられ、
墓石《ぼせき》も墓碑銘もなく打ち捨てられるかだ。
我が国の歴史に、余の武勲を大音声《だいおんじょう》で惜しみなく
語らせるか、さもなくば余の墓なぞ
＊2舌を抜かれたトルコ王宮の奴隷ほどの声もなく、

＊1
her almost kingly dukedoms　特にオルレアン公爵領やブルゴーニュ公爵領のこと。

＊2
Turkish mute　トルコ宮廷の奴隷は秘密を口外しないよう舌を切られていたという。

蠟に刻まれた墓碑銘ほども尊重されぬがいい。

フランス使節一行が、櫃《ひつ》を運ぶ従者たちと共に登場。

王　さて、わが麗しきフランス皇太子の
ご意向を承《うけたまわ》ろうか。聞くところでは
諸君は国王ではなく皇太子の使節だそうだから。

使節　畏れながら陛下、我々がお伝えするよう命じられたことを
そのまま申し上げるお許しをいただけますでしょうか、
それとも皇太子の意図と我々の使命を
遠回しにそれとなくお伝えいたしましょうか？

王　余は暴君ではない、キリスト教徒たる国王だ、
その人徳に余の感情は臣下として繋《つな》がれている、
ちょうど囚人たちが牢獄に繋がれているように。
だから率直に、事を曲げず遠慮なく
皇太子の意向を伝えるがよい。

使節　では単刀直入に。

最近陛下はフランスに使節をお遣《つか》わしになり、
偉大なるご曾祖父エドワード三世の権利と称し
いくつかの公爵領を要求なさいました。
そのご要求へのお答えとして、我らが主君フランス皇太子は
こう仰せです、陛下のお振る舞いはあまりに幼稚だ、
よく聞き分けるがよろしい。フランスには軽快なダンス*
ひと踊りで獲得できるものは何もない。フランスの公爵領に
どんちゃん騒ぎをしながら踏み込むことはできない。
そこで主人は、陛下のご気性にはこの方がふさわしかろうと、
これなる宝ひと箱を献上し、そのかわり
陛下が要求なさる公爵領に関しては今後一切
聞く気はない、皇太子はそのように申しております。

王　宝とは何です、叔父上？

エクセター　テニスボールです、陛下。

王　皇太子が余に冗談を叩かれるとは嬉しいかぎりだ。
彼の贈り物と諸君の骨折りを有り難く思う。
そのボールを打つラケットを手に入れ次第、

* with a nimble galliard　日本語ではガリヤードまたはガイヤール、ガリアルドと表記されるダンスは、十六～十七世紀に行われた二人で踊る三拍子の軽快な舞踊、その曲。

余は神の恩寵によりフランスまで出向いて一戦交え、
彼の父君の王冠を叩き落としてやろう。
彼に伝えろ、選んだ相手が悪かったとな、余は喧嘩っ早いから、
[*1]フランス中のコートにはボールの弾む音を喧《やかま》しく響かせ、
彼を追い詰めるだろう。まあ、余の無軌道だった時代を
嘲《あざけ》る気持ちは理解できる、
だが余が何のためにああしたかはお分かりでない。
余はこの貧しいイングランドの王座など重んじたことはない、
だからこそそこから離れ、荒くれた放蕩三昧に
耽《ふけ》ったのだ、世間にはよくあることだが、
人間、家から離れているときがいちばん愉快だからな。
だが皇太子にこう言え、[*2]私がフランスの
王座に就くときは、満帆《まんぱん》に風をはらませ
堂々たる王者の威厳を見せつけてやると。
そのためにこそ、私は王としての威光を隠し、
汗まみれで働く一平民のように過ごしたのだ。
だが私がフランスの王座に昇れば、太陽の

＊1
all the courts of France
このcourtsには二つの意味が重なっている。一つは「テニスコート」もう一つは「宮廷・決闘の庭」。

＊2
王の一人称はここまでは「君主のwe、君主の複数」であるweだったが、ここからは私人のI（my, me）に変わる。儀礼を捨て、本音をむき出しにするということか。

栄光に包まれ、そのためフランス中の目はくらみ、そうとも、
皇太子の目も潰《つぶ》れて余を仰ぎ見ることもできなくなる。
冗談好きな皇太子に更にこう伝えろ、
彼のこの愚弄はテニスボールを砲弾に変えたと、そして
彼の魂は、飛び来《きた》る砲弾で壊滅的な報復を受けた挙句《あげく》、
その重い責めを負うことになると。なぜなら
彼のこの愚弄は何千という妻を愚弄して
彼女たちから愛しい夫を奪い、
母を愚弄して息子を奪い、城を愚弄して崩壊させる、
それどころか未だ種《たね》をつけられず未だ生まれぬ者も
皇太子のこの侮辱を呪う理由を見出すだろう。
だがすべては神の御心《みこころ》にある、
私はその神に訴える、皇太子にこう伝えろ、
私は神の御名《みな》において進軍し、
全力を尽くして復讐を遂げたうえ、聖なる大義を掲げ
正当な権利を手にするだろう。だから
さあ大人しく立ち去るがよい。そして皇太子に伝えるのだ、

彼の冗談からは浅はかな知恵しか伝わってこない、
そんな冗談では何千もの人々が笑うより泣くだろう。――
使節一行を安全に送り届けろ。――さらばだ。
（使節一行が従者たちに付き添われて退場）

エクセター　ふざけたことを言って寄越したものだ。

王　送り主を恥じ入らせ赤面させてやりたい。
そこでだ、諸卿、この有利な時を一瞬も無駄にせず、
遠征の準備を進めてもらいたい、
いまや余の念頭にあるのはフランスのみ、
ただしこの大事業へと導きたもう神への祈りは別だ。
したがってこの戦争に必要な軍資金ならびに軍隊を
ただちに集めてくれ、また我が軍の翼により多くの羽根を
加えられることなら何でもいい、
迅速に考えだせ、神の思《おぼ》し召しにより、余は
フランス皇太子をその父の面前で叱り飛ばしてやりたいのだ。
したがって、この公明正大な遠征が着々と進行するよう、
各々が誠心誠意頭を働かせてくれ。（ファンファーレ、一同退場）

第二幕[*1]

コーラス登場。

コーラス　いまやイングランドの若人《わこうど》はこぞって火と燃え、
絹をまとった安逸《あんいつ》は衣装簞笥にしまわれております。
いまや大繁盛《だいはんじょう》なのは武具職人、すべての男の
胸中を支配しているのは功名心《こうみょうしん》のみ。
彼らは田畑《たはた》を売って馬を買い、
踵《かかと》に翼をつけ、イングランドの伝令マーキュリー[*2]として
キリスト教国の王たちの鑑《かがみ》たるヘンリーのあとに続きます。
いまやあたりの大気には大いなる期待が満ち、
一振りの剣《けん》が、ハリー[*3]とその臣下たちに約束された
堂々たる王冠とあまたの冠《かんむり》を貫き、その重なる輪は

＊1
Fにはここに第二幕の幕割りはない。

＊2
English Mercuries　メルクリウス（マーキュリー）はギリシャ・ローマ神話の神々の使者。兜とサンダルに翼がついた姿で描かれる。

＊3
Harry　ヘンリー（Henry）の愛称。

剣の柄《つか》から切っ先までを覆わんばかり。
フランス側は、信頼すべき情報によって
この恐るべき準備態勢を知るや、
恐怖に震えおののき、卑劣な策を弄《ろう》して
イングランドの計画を覆《くつがえ》そうと図《はか》ります。
おお、イングランドよ、内なる偉大さを包む島国よ、
雄大な精神を宿す小さな肉体のようなお前は、
名誉が望むどんな大事業でも成し遂げられる、
お前の子供らすべてが母なるお前を愛するなら！
だが見るがいい、フランス王はお前の弱点たる
謀反人《むほんにん》の一味を籠絡《ろうらく》し、彼らの虚ろな胸を
裏切りの金貨で満たした。それは腐りきった三人の男、
一人は*1ケンブリッジ伯リチャード、いま一人は
*2マサムのスクループ卿ヘンリー、そして三人目は
*3ノーサンバランドの勲爵士サー・トマス・グレイ、
彼らはフランス王の金貨と引き換えに——ああ、罪深い鞍替
え！——

*1
Richard, Earl of Cambridge（一三七五?～一四一五）ヨーク公爵（『リチャード二世』に登場するオーマール）の弟、一四一四年にケンブリッジ伯爵に叙せられる。結婚相手はエドワード三世の次男クラレンス公爵ライオネルのひ孫であるアン・モーティマー。その結婚でもうけた息子（『ヘンリー六世』三部作の中心人物の一人、ヨーク公爵リチャード・プランタジネット）の王位継承権を主張した。

*2
Henry, Lord Scroop of Masham（一三七〇?～一四一五）サー・スティーヴン・スクループの息子。サー・スティーヴンは『リチャード二世』三幕二場で

怯《おび》えきったフランス王との共謀を確約した、
もし地獄と反逆が約束を果たせば、
王という名に最もふさわしいヘンリーは、彼らの手によって
フランスへの船出の前に、サウサンプトン*で死ぬことになる。
どうか皆様、しばらくご辛抱を、この芝居の背景となる
場所をあちらへこちらへと変え、様々な出来事を詰め込みます。
金は支払われ、叛逆者どもとの話はついた、
王はロンドンをお発ちになり、舞台はいまや、
紳士淑女の皆様、ここサウサンプトンに移ります。
いまやこの劇場はサウサンプトンにあり、その客席にお坐りの
皆様をここからフランスへ無事にお運びし、
またイングランドへお戻しできるよう、狭い海峡に呪文をかけ
穏やかにお通しします。首尾よくゆけば、この芝居のせいで
船酔いに苦しむ方などお一人もありますまい。
ただし王がお出ましになるまでは、それまでは
場面はまだサウサンプトンには移りません。　（退場）

リチャードにボリングブルックの優位を告げ、リチャードの寵臣たち、ブッシー、グリーン、ウィルトシャーの刑死を報告する（ちくま文庫版一一〇～一一七頁）。マサムは北ヨークシャーの中心にある町。

＊3　Sir Thomas Grey, knight, of Northumberland（一三八四？～一四一五）北方の貴族。ウェスモランドの娘と結婚、長男はケンブリッジの娘と結婚した。

＊　Southampton　イングランド南部のハンプシャーにある港湾都市。

第一場　ロンドン、イーストチープの街路

ニム伍長[*1]とバードルフ中尉[*2]登場。

バードルフ　やあ、いいところで会ったな、ニム伍長。
ニム　おはよう、バードルフ中尉。
バードルフ　どうだい、旗手[*3]のピストルとはもう仲直りしたか？
ニム　俺はかまわん。何も言わん。だが時が来れば笑うのはこっちだ。だがそれも成り行き次第。俺には喧嘩する気はない。だがいざとなりゃ目をつぶってこの剣を抜いてみせる。冴えない剣だが、それがどうした。チーズを刺して炙《あぶ》るのに使えるし、抜き身裸身《はだかみ》になっても寒さに立ち向かえる。それでケリがつく。
バードルフ　俺がお前らに朝飯おごって仲直りさせよう、で、義兄弟三人そろってフランスに行くんだ。そうしよう、な、ニム伍長。

＊1
Corporal Nym　『ヘンリー四世』二部作と『ウィンザーの陽気な女房たち』に登場する主要人物フォルスタッフのかつての手下。『ウィンザーの陽気な女房たち』の二幕一場で「俺の名前はニム伍長」と自己紹介している（ちくま文庫版五五頁）が、実際は元伍長。本作では現役の伍長（corporal は最下位の下士官）。格言めいた言い回しを多用。

＊2
Lieutenant Bardolph　かつてのフォルスタッフの手下。『ヘンリー四世』第二部では伍長だったが出世したのだろう。すぐに登場する仲間のピストルよりも高い地位になっているわけだ。

＊3

ニム　俺は生きられるだけ生きてやる。そいつは確かだ。でもってもう生きられないとなりゃあ、やれるだけのことをやるまでよ。一か八《ばち》か、それが最後の頼みの綱だ。

バードルフ　伍長、確かにあいつはネル・クイックリー[*1]と結婚した、そしてあの女がお前にひどいことしたのも確かだ。お前は彼女とちゃんと夫婦約束してたんだから。

ニム　そりゃ分からん。物ごとはなるようにしかならん。人間、眠ることもある、でもってそういう時にも喉笛はある、でもってナイフにゃ刃《は》があるってこった。何だってなるようにしかならん。我慢てのは言わば疲れた牝馬《ひんば》だが、それでもあとちょっとはどうにか歩くだろう。まあ、どうなるか分からんが。

　ピストルと居酒屋の女将《おかみ》クイックリー登場。

バードルフ　旗手のピストルと女房だ。いいな、伍長、ここは我慢のしどころだ。

[*2]ニム　やあ、ご亭主のピストル。

Ancient Pistol　『ヘンリー四世』第二部と『ウィンザーの陽気な女房たち』にフォルスタッフの手下として登場する。言葉上の特徴は、頭韻を踏むくせ。

＊1
Nell Quickly　『ヘンリー四世』第一部、第二部にイーストチープの居酒屋の女将として登場。第一部では夫がいる（誰であるかは明示されない）が、第二部では未亡人になっている。『ウィンザーの陽気な女房たち』ではフランス人の医師ドクター・キーズの家政婦。

＊2
Fでは前のバードルフの台詞の続きになっているが、Qではニムの台詞。ほとんどの現代テキストがQを踏襲している。

ピストル 下衆《げす》な駄犬め、俺がご亭主だと？ この手にかけて、そんな呼び名はまっぴらだ。女房のネルだって宿屋なんかやっちゃいない。

女将 そうですとも、もう長いことやってないわ。だってさ、針仕事でまじめに稼いでる女の子を十二、三人かそこら泊めてごらん、決まって淫売宿呼ばわりされるんだから、やってらんないわ。

（ニムは剣を抜く）

ああ、どうしよう、マリア様、抜いた！ ほっといたらこの人、故意の姦通謀殺*って犯罪をやらかすわ。

（ピストルも剣も抜く）

バードルフ なあ中尉、なあ伍長、喧嘩はなしだ。

ニム 馬鹿野郎！

ピストル 馬鹿野郎はお前だ、耳とんがらかした毛むくじゃらな犬め！

女将 ねえニム伍長さん、勇気の見せどころだよ、剣をしまいなさい。

（ニムとピストルは剣を鞘に収める）

＊ ...wilful adultery and murder... クイックリー独特のおかしな言い間違い。正しくは wilful murder すなわち「故意の謀殺」。そして、そもそもこの状況に adultery（姦通、姦淫）という語は場違い。

ニム　（ピストルに）場所変えだ。お前を単独にしてケリをつけたい。

ピストル　タンドク[*1]だと、途轍《とてつ》もない犬畜生め。おお、浅ましいマムシめ！
そのタン毒はそっくりそのまま突っ返してやる、
タン毒を貴様のその奇天烈《きてれつ》な面《つら》に、貴様の歯に、
貴様の喉に、貴様の憎むべき肺に、そうとも、その胃袋に、
ああ、それどころか貴様のきたならしい口に！
そうともそのタン毒を貴様の腑《はらわた》に突っ返してやる、
ピストルの撃鉄がおっ勃《た》ってみろ、ただじゃすまねえ、
あとはズドンと火を噴くだけだ。

ニム　俺は悪魔のバーバソン[*2]じゃねえ、いくら大口たたいても俺をここから消すことは出来んぞ。貴様をきれいに叩きのめしてえ、てな気分[*3]なんだ、俺は。俺に向かってあんまり汚ねえ口たたくと、いいか、ピストル、その銃身に俺の細身の剣つっ込んで思いっきりきれいに掃除してやるからな。あっちで勝負するなら、貴様の腑《はらわた》をちょっとばかり突っついて、思いっきりやっつけてやる、

＊1
ニムは solus（「単独、単身、孤立」という意味のラテン語）を使った。ピストルはそれを「病気」か何かと誤解したらしい。

＊2
Barbason　『ウィンザーの陽気な女房たち』の二幕二場でフォード氏が挙げる悪魔の三つの名前の一つ（ちくま文庫版七九頁）。他の二つはアマーモン(Amaimon)とルシファー(Lucifer)。

＊3
「〜の気分（I have an humour to...）」というのはニムの口癖。『ウィンザーの陽気な女房たち』でもしょっちゅう使っている。

てな気分なんだ、今の俺は。

ピストル　おお、下劣なる大ボラ吹き、凶暴極まる罰当たり、墓はあんぐり口を開け、死ににおいでと待っている。だからして、抜き放て！

バードルフ　（剣を抜き）待て、俺の言うことを聞け。先に手を出したやつには、この剣を柄《つか》までぶすっとお見舞いするぞ、軍人の名にかけて。

ピストル　大いなる力籠《こも》りしその誓言《せいごん》、俺の憤怒《ふんぬ》も収まった。

（三人とも剣を収める）

君の拳《こぶし》を、君の前足を握らせてくれ。君の精神は実に勇猛果敢だ。

ニム　おのれ、いずれそのうち貴様の喉笛きれいに搔っ切ってくれる、てな気分なんだ、俺は。

ピストル　喉笛搔っ切ると言いたけりゃフランス語で言え、「クープル・ア・ゴルジュ」[*1]だ！　改めて貴様に挑んでやる。おお、もじゃもじゃ頭の犬め、俺の女房をかっさらう気か？バカめ、それより病院[*2]へ行って

＊1　Couple a gorge.　ピストル流のフランス語。正しくは Couper la gorge. または命令形で Coupez la gorge.

＊2　spital　正確には「貧者、老人、病人の収容施設」。

四九頁の注

＊1　Doll Tearsheet　『ヘンリー四世』第二部に登場する女性。フォルスタッフの恋人。二幕四場で、当時は旗手のピストルと大喧嘩する（ちくま文庫版二九八〜三〇三頁）。

梅毒治療用の湯船《ゆぶね》から
あのクレシダなみの浮気女、業病やみの[*1]ドル・ティアシートを
引っ張り出して、てめえのかかあにしろ。
俺は、かつてクイックリーと呼ばれた女を唯一無二の妻として
未来永劫この手に置く。言うことは言った。
失せろ。

フォルスタッフの小姓登場。

小姓　ご亭主のピストルさん、私の主人のとこにすぐ来てくださ い、女将さんも。とても具合が悪くて、横になりたいんだそうです。バードルフさん、その[*2]真っ赤な顔をシーツの間に突っ込んで、湯たんぽがわりになってください。主人はほんとに具合が悪いんです。

バードルフ　やかましい、この悪ガキめ！

女将　ほんとに、[*3]フォルスタッフの旦那はいまにカラスの餌食になるよ。[*4]王様のせいで胸が潰れたんだ。ねえ、あんたもすぐ帰っ

＊2
バードルフの飲酒による赤ら顔は『ヘンリー四世』でも度々言及される。たとえば第一部、二幕四場（ちくま文庫版九二～九三頁）。

＊3
He'll yield the crow a pudding one of these days. このheを小姓とする解釈もある。女将がバードルフの肩を持ち、「（あんな憎まれ口を叩くと）絞首刑になってカラスの餌食になる」と。

＊4
『ヘンリー四世』第二部幕切れ近くで、ヘンリー五世として王位についたかつての遊び仲間ハル王子に「私はお前など知らない、老人よ」と拒絶されたことを指す（ちくま文庫版四三五頁）。

てきて。　　　　　　　　　　　　　　　（女将と小姓退場）

バードルフ　さあ、俺の言う通り仲直りしろ。三人そろってフランスに行くんだ。なのに、なんで剣振り回してお互いに喉掻っ切らなきゃならんのだ？

ピストル　津波よ、押し寄せろ、悪魔の大軍よ、餌食を求めて吠え猛《たけ》るがいい！

ニム　俺が賭けで勝った八シリング、払ってもらうからな。

ピストル　払うは下賤な奴隷なり。

ニム　いまここで払ってもらおう、てな気分なんだ、俺は。

ピストル　男なら剣で取れ。さあ、行くぞ！

（ピストルとニムは剣を抜く）

バードルフ　（剣を抜き）この剣にかけて、先に手を出したやつは俺が殺す。この剣にかけて、やってやる。

ピストル　剣への誓いは神への誓い、守るしかない。　（剣を収める）

バードルフ　ニム伍長、仲直りしたいなら仲直りしろ。したくないなら俺とも敵対しろ。頼む、剣を収めろ。

ニム　俺の八シリングはもらうからな？
ピストル　六シリング分のノーブル金貨でよけりゃ
今すぐ払ってやる、足りない分は俺のおごりで酒一杯、
これで俺らは友達で、おまけに兄弟分だ。
ニムと俺とは相身《あいみ》互《たが》いだ。
これで恨みっこなしだろ？　俺は兵隊相手に
ひと商売、がっぽがっぽと稼《かせ》いでやる。
さあ、握手だ。
ニム　ノーブル金貨、いま寄越すか？
ピストル　きっちり、現ナマでな。
ニム　じゃあそれで結構、てな気分なんだ、俺は。
（ニムとバードルフは剣を鞘に収める。ピストルとニムは握手する）

女将登場。

女将　あんたたちも女から生まれた人の子なら、すぐにサー・ジョンのとこに行ってあげて。ああ、可哀想に、あの人、連日性隔*

＊ a burning quotidian tertian 『ヘンリー四世』や『ウィンザーの陽気な女房たち』に登場したころからお馴染みの、知ったかぶりによるおかしな言い間違い、quotidian fever（毎日発熱）と tertian fever（一日おきに発熱）とを一緒くたにしてしまった。

日熱にかかって火がついたみたいな高熱出してぶるぶる震えてて、気の毒で見ちゃいられない。いい人たちね、みんなで行ってあげて。（退場）

ニム　国王があの騎士に悪い気分をぶっつけたんだ、てのが事の真相だ。

ピストル　ニム、お前の言うとおりだ、彼の心は破壊され強化された。*

ニム　国王は良い国王だ、しかしなるようにしかならん。国王だって時には気の向くままに突っ走る。

ピストル　よし、みんなであの騎士を慰めてやろう、だって俺たち若いもんはまだまだ生きるんだから。（一同退場）

第二場　サウサンプトン、会議室

＊ His heart is fracted and corroborate. ピストルはラテン語風の言い回しを見当違いに使っており、fractedはbrokenという意味だが、corroborateは strengthened（強められる、強化される）joined-together（接合される）の意。

エクセター、ベッドフォード、ウェスモランド登場。

ベッドフォード　全く、陛下は危ない橋をお渡りになるものだ、
あの謀反人どもを信任なさるとは。

エクセター　どうせみなすぐに逮捕されるだろう。

ウェスモランド　どうだ、あの平然と落ち着き払った様子は、
まるで胸には忠誠が王者然と居すわり、
終生変わらぬ忠節という王冠を戴いているようではないか!

ベッドフォード　王は彼らの企みはすべて知っておられる、
彼らが夢にも思わない秘密の情報によって。

エクセター　いやあ、陛下と寝食を共にしたスクループが、*
食傷するほどのご寵愛を受けながら、
外国の金に目がくらみ、
主君のお命を死と裏切りに売り渡すとは!

トランペットの音。王、スクループ、ケンブリッジ、グレイ、

＊　原文は名前は挙げておらずthe man that was his bed-fellow（彼とベッドを共にしたあの男）とあるのみ。だがシェイクスピアが材源としたラファエル・ホリンシェッドの『イングランド、スコットランド、アイルランドの年代記（*The Chronicles of England, Scotland and Ireland*）』第二版には、これがthe said lord Scroopeだとある。また、男同士が一つベッドに寝るのは当時は珍しいことではなかった。『オセロー』でもイアゴーがオセローに「最近のことです、私はキャシオーとひとつ寝床で寝たのですが（I lay with Cassio lately.）」と言う（三幕三場、ちくま文庫版一三九頁）。

貴族たち、兵士たち登場。

王　さて、風も順風となった、乗船するとしよう。――我がケンブリッジ卿、それに情けあるマサムのスクループ卿、それから高貴な騎士サー・グレイ、諸卿の考えを聞かせてくれ。余が率いる軍勢が、フランス軍の防衛線を突破し、壊滅作戦を敢行して、これだけの兵力を集めた所期の目的を遂げられると思うか？

スクループ　陛下、心配はご無用です、各人が最善を尽くせば。

王　心配などしていない、何しろ余がここから率いてゆく者の中には余と心を一つにせぬ者は一人もおらず、あとに残してゆく者の中には、我が軍の勝利と成功を願わぬ者は一人もいない、余はそう信じているからな。

ケンブリッジ　陛下ほど畏怖され愛されている君主はいまだかつてございません。陛下のご統治という大樹の陰に憩いながら、悲しみや不満をいだく臣下は一人もいないと思います。
グレイ　まことに。お父君の敵であった者たちも
苦い胆汁のような恨みを甘い蜜にひたし、今は誠心誠意
陛下にお仕えしております。
王　ならば余が大いに感謝すべき理由があるわけだ、
各々《おのおの》の価値と重要度に応じた
論功行賞を怠るくらいなら、
この手の動かし方を忘れるほうがましだ。
スクループ　それでこそ我々も五体を鋼《はがね》と化して
忠勤に励み、陛下のおんために一時《いっとき》も休まず働こうとの
意欲が湧き、日々新たに仕事に当たるのです。
王　そう願いたいものだ。――エクセターの叔父上、
昨日余を貶《おとし》める暴言を吐いたかどで投獄された男を
放免してやってくれ。恐らく酒の飲み過ぎで
そのような挙に出たに違いない、
しらふになって反省しているなら許してやろう。
スクループ　それは慈悲ですが、ご油断が過ぎます。

その男に厳罰を、陛下、このままお許しになれば
それが先例となり、のちのちこの種のことが増えるでしょう。
王 ああ、それでも慈悲を施してやりたいのだ。
ケンブリッジ 陛下のお気持ちのままに、ただし処罰もなさいますよう。
グレイ 畏れながら、
厳罰の味をなめさせたうえで命をお助けになっても、
大きな慈悲をお示しになったことになります。
王 ああ、諸卿の私へのあり余る愛と心遣いが
この哀れな男を厳罰に処せと訴えるのか。
酒に酔った挙句《あげく》の些細な過《あやま》ちに
目をつぶってならぬなら、じっくり咀嚼《そしやく》され、
飲み込まれ、消化され、周到に練り上げられた大罪《たいざい》が
目の前に現れたなら、どれだけ目を凝らせばいい？ やはりあの男は
放免してやる、ケンブリッジ、スクループ、グレイらは
余の身の安全を思い、深い心遣いを示し

厳しい処罰を求めているが。さて、フランスの問題に移ろう。
先日、余の不在中の責任者に任命したのは誰であったか？
ケンブリッジ　私がその一人です、陛下。
本日その任命書を受け取るようにとの仰せでした。
スクループ　私にもそのように。
グレイ　そして私にも、国王陛下。
王　では、ケンブリッジ伯爵リチャード、これがあなたの任命書*だ。
マサムのスクループ卿、これがあなたのだ。そしてノーサンバランドの
勲爵士グレイ、あなたのも同じだ。それを
読めば分かるだろうが、私には諸卿の真価が分かっている。
――
我がウェスモランド卿、そしてエクセターの叔父上、
余は今夜乗船する。――おい、どうしたのだ、紳士諸卿！
その書面に何が書いてあったのだ、そのように顔色《がんしょく》を
失うとは？――見ろ、何という変わりようだ！

＊　ここで王がケンブリッジら一人一人に対して使う二人称は丁寧なyou（your, you, yours）だが、次の長台詞では目下の者に対するthou（thy, thee, thine）に変わる。ここの一連のやり取りでは王が使う一人称も「君主のwe」と私人としてのIが微妙に使い分けられている。

頬が紙のように白い。――おい、そこに何を読んだのだ、
そのようにお前たちを臆病にし、顔から血の気を
引かせるとは？

ケンブリッジ　私の罪を自白し、
陛下のお慈悲におすがりします。[*1]

グレイとスクループ　私たちもひとえにお願いいたします。

王　その慈悲はさっきまでこの胸で元気に生きていたが、
他ならぬお前たちの助言によって息の根を止められ死んでしまった。
恥を知るなら、お前たちは慈悲のことなど口に出してはならぬ、
お前たちの主張が、[*2]飼い主に襲いかかる犬のように
くるりと向きを変え、お前たちの胸を嚙み裂こうとしているからだ。――
見ろ、我が身内の公爵たち、貴族たち、
これがイングランドの怪物どもだ！　ここにいる我がケンブリッジ卿だが、
皆も知ってのとおり、余は彼を心から愛し、

＊1
ニュー・ケンブリッジ・シェイクスピア版はここに「跪く」というト書きを入れ、次の行のあとにも「二人は跪く」と入れている。

＊2
...dogs upon their masters　ギリシャ神話の猟師アクタイオン（Actaeon）のイメージ。アルテミス（＝ダイアナ）の水浴姿を見たため、彼女によって鹿に変えられ、自分の猟犬たちに嚙み殺された。

五九頁の注

＊1
ここからはスクループに対する二人称は thou に変わる。

＊2
自身を語る一人称は「君主の we」から私人の I（my,

彼の栄誉ある地位にふさわしいものは何であれ
喜んで与えてきた。ところがこの男は
ひと摑みの軽い金貨と引き換えに軽々しく謀反に走り、
フランス王の陰謀に加担して、余をここ
サウサンプトンで殺そうとした。その陰謀には
ケンブリッジに劣らず余の寵愛を受けていた
この勲爵士、グレイも加わった。――だが、ああ、
*1 お前には何と言えばいい、スクループ卿、この残忍な
恩知らず、獰猛《どうもう》な人非人《にんぴにん》、
*2 私の心の扉を開く鍵を持っていたお前が、
私の魂の底の底まで知り抜いていたお前が、
*3 私を鋳造して金貨を生み出すこともできたお前が、
私を罠に掛け己《おのれ》の利を図ろうとしたのか？
お前が外国の手先となって金を受け取り、
私の指一本なりとも傷つけるような悪の火花を
一瞬でも散らすことがありうるのか？　あまりにも異様なこと
なので

me）に変わる。本気・本音で怒っていることが分かる。

＊3

Thou that.../ That almost mightst have coined me into gold/ Wouldst thou have practised on me for thy use?　Fにおけるこの部分は文末が疑問符で、アーデン3もそれを踏襲しているが、いくつかのモダンテクスト（フォルジャー・シェイクスピア・ライブラリー版やオックスフォード・ワールド・クラシックス版）は Wouldst 以下の文を直前の文の条件と解釈して、？を：や――に変えている。その場合、訳は「私を利用しようと策を弄すれば、私から金貨を生み出すことも出来たお前」となる。

これが真実であるのは白の上の黒のように
明白であるにもかかわらず、私の目は見るのを拒んでいる。
謀反と殺人はつねに行動を共にしてきた、いわば共通の目的を
遂げようと誓い合い一つ軛《くびき》に繋《つな》がれた二匹の悪魔だ、
その両者があまりにもぬけぬけと本性を剝き出しにして
仕事をするので、驚きの声ひとつ上がらない。
だがお前のやり口は、あまりにも道理に反している、
だから謀反に対しても殺人に対しても驚嘆せざるを得ない。
これほど自然に背くことにお前を誘い込んだのが
どんなに狡猾《こうかつ》な悪魔であれ、そいつは
地獄で一番優秀だという名声を勝ち得ているだろう。
ほかの悪魔はみな、謀反を唆《そそのか》すときには
地獄堕ちの罪を隠蔽《いんぺい》するために、
愛国心や信仰心に見せかけたまばゆい光り物や
色とりどりの継ぎを当てて、
もっともらしい口実をでっち上げるものだ。
だがお前を意のままにした悪魔は、お前に反抗心を吹き込み、

謀反の理由など何ひとつ与えず、ただお前の肩を軽く剣で叩き
謀反人という称号を与えたにすぎない。
お前をそんなふうにたぶらかした悪魔がもし
*ライオンのような足取りで世界中を歩き回ったなら、
そのあとで荒涼とした地獄に舞い戻り、
悪魔の群れにこう言っただろう、「あのイングランド人の
魂ほど簡単に手に入る魂はどこにもない」と。
ああ、お前は信頼の甘美さを疑惑という毒で
穢《けが》してしまった！　一見《いっけん》忠義一途な者がいるか？
ああ、お前はそうだった。謹厳で学識豊かに見える者がいる
か？
ああ、お前はそうだった。高貴な家柄の者がいるか？
ああ、お前はそうだった。信心深く見える者がいるか？
ああ、お前はそうだった。暴飲暴食をせず、喜ぶにしろ怒るにしろ激情の虜《とりこ》にならず、
常に冷静沈着、血気に逸《はや》ることなく、
温厚篤実《おんこうとくじつ》な態度で身を飾り、

*　If that same demon.../Should with his lion-gait walk the whole world, ... 新約聖書「ペトロの手紙一」第五章第八節「あなたがたの敵である悪魔が、ほえたける獅子のように、だれかを食い尽くそうと探し回っています（Your adversary the devil, as a roaring lion, walketh about, seeking whom he may devour.）」を踏まえているとされる。

何事につけても目だけに頼らず耳をも働かせる者、明断な判断に照らさぬかぎりその一方だけを信じたりしない者がいるか？　お前はまさにそのような選び抜かれた者に見えた。したがってお前のこの堕落は、最高の人格と資質に恵まれた男にすら、一抹の疑念という一種のよごれをつけたことになる。私はお前のために涙を流そう。お前のこの叛逆は、まるでアダム以来の人間の第二の堕落に思えてならぬ。――三人の罪状は明白だ。逮捕し、法の名において処罰しろ、神よ、彼らの行いを赦したまえ！

（ケンブリッジ、スクループ、グレイは立ち上がる）

エクセター　ケンブリッジ伯爵リチャード、大逆罪により逮捕する。マサムのスクループ卿ヘンリー、大逆罪により逮捕する。ノーサンバランドの勲爵士トマス・グレイ、大逆罪により逮捕する。

スクループ　神は我々の企みを暴くべくして暴かれました、
私は私の死を悔やむ以上に私の罪を悔やみます、
その罪の代価はこの身をもって支払いますが、
陛下のお赦しを伏してお願い申し上げます。
ケンブリッジ　私は、フランスの金貨に誘惑されたのではありません、
それが一つの動機ではありましたが、
かねてからの計画を早く実行したかったのです。
けれどそれを阻止なさった神に感謝します、
私はそのことを心から喜び、死の処罰を甘受しつつ、
神と陛下が私をお赦しになることを切に願っております。
グレイ　忠実な臣下が危険きわまる叛逆の
露見をいかに喜ぼうとも、
今この時の私ほど喜んだためしはございません、
忌まわしい企みが阻止されたのですから。
どうか、私の体ではなく私の罪をお赦しください、陛下。
王　慈悲深い神がお前たちをお赦しになりますよう！　宣告を聞

け。
お前たちは国王たるこの身を狙《ねら》う陰謀をくわだて、
すでに宣戦布告した敵と手を結び、その金庫から
余の死の手付けとして金貨を受け取った。それと引き換えに
お前たちは国王を虐殺の手に、
その貴族たちを隷属の手に
その臣下臣民を圧政と屈辱の手に売り渡し、
その王国全土を廃墟と化そうとした。
この身に関しては復讐しようと思わないが、
お前たちが滅亡を図った我が王国の安全は
最優先させねばならない、お前たちを
法の手に引き渡す。したがって、
哀れで惨めな卑劣漢ども、ただちに死のもとへ行け。
神がその慈悲により、お前たちに
苦しみに耐える力と重大な罪を悔いる心を
お与えになりますよう！――その者たちを引っ立てろ。
（ケンブリッジ、スクループ、グレイ、警護されて退場）

さあ、諸卿、フランスへ出発だ。この遠征は
皆にとっても余にとっても輝かしい栄誉となるだろう。
この戦いが武運と幸運に恵まれるのは疑いない、
なぜなら、我らの出立《しゅったつ》を妨げようと行く手に潜んでいた
この危険きわまる謀反を、恵み深い神が明るみに出して
くださったからだ。いまや余の前途に横たわる障害が
ことごとく取り除かれたのは疑いない。
さあ、出発だ、親愛なる同胞諸君。余の兵力は
神の御手《みて》にゆだね、すみやかに
遠征の途《と》につこう。
意気揚々と海へ。高々と軍旗を掲げるのだ。
フランス王たらずんばイングランド王にあらずだ。
（ファンファーレ、一同退場）

第三場　ロンドン、イーストチープ

ピストル、ニム、バードルフ、小姓、女将登場。

女将　お願い、あたしのいい人、ステーンズ[*1]まで見送らせて。

ピストル　だめだ、俺の男心が泣くからな。バードルフ、バーンと元気出せ。ニム、しけた顔するな。小僧、勇気をふるい起こせ。フォルスタッフが死んだんだ、俺たちゃ稼《かせ》がなきゃならん。

バードルフ　あの人と一緒に居たい、どこだってかまわん、天国だろうと地獄だろうと！

女将　いやだ、あの人が地獄にいるわけないよ。天国に決まってる、アーサー様の胸に抱かれてるよ、死んだ人がアーサー様の胸に抱かれるなら[*2]。あの人の最期はもっと立派だったけどね、まるで洗礼受けたばっかりの赤ちゃんみたいに罪も汚《けが》れもなく逝きな

＊1　Stains　ロンドンの西一七マイル（約二七キロ）にある町。ピストルたちはそこからテムズ川の南岸への橋を渡り、ロンドンの南西およそ八〇マイル（約一三〇キロ）のサウサンプトンへ行くつもりらしい。

＊2　He's in Arthur's bosom, if ever man went to Arthur's bosom.　女将はAbra-

さった。ちょうど十二時と一時のあいだ、潮の変わり目にあの世に行っちまった。あの人がシーツをいじくり回して、模様の花を摘もうとして、それから自分の指先を見てにっこり笑うのを見たとき、あたし、もう駄目だと分かったの。だってあの人の鼻がペン先みたいにとんがって、緑の野原がどうのこうのって訳わかんないこと言うんだもの。あたしが「いかがですか、サー・ジョン？　どうしたの！　元気を出して」って言うと、あの人、「神よ、神よ、神よ」って三度か四度大声で言った。だからあたし、元気づけようと思って、神様のことなんか考えちゃだめ、って言ってやったの。だってまだそんなことでアタマ悩ますことないと思ったから。そうしたらあの人、脚《あし》にもっと毛布かけてくれって言うの。ベッドに手をつっこんで脛《すね》に触ってみたら、まるで石みたいに冷たい。それから膝に触って、もっと上のほうまでずんずん触ってったら、どこもかしこも石みたいに冷たいの。

ニム　酒を呪ったそうだな。

女将　ええ、そうよ。

バードルフ　それから女も。

ham（アブラハム）と言うつもりだったが、言い間違えた。新約聖書「ルカによる福音書」第十六章十九〜三十一節参照。アブラハムの胸に抱かれるとは、天国に行くということ。同時にアーサー王の遺体が眠るとされるアヴァロン島を重ねていると思われる。

女将　いいえ、女は呪わなかった。
小姓　いいえ、呪ってました。女は悪魔の化《け》身《しん》だとか言って。
女将　*1あの人ケシには我慢できなかった。あの赤い色が苦手だったのよ。
小姓　女のせいで悪魔にとっつかまって地獄堕ちだとも言いました。
女将　確かにそんなふうに女のこと言ってたね。でもそのあとす*2ぐ意識コダンクになっちゃって、*3バビロンの娼婦がどうのこうのって。
小姓　覚えてますか、あの人バードルフさんの赤鼻にノミが止まってるのを見て、地獄の火で黒い魂が焼かれてるって言ったでしよ？
バードルフ　もう、その火を燃やし続けるアルコール燃料が切れちまうんだな。俺があの人の手下になって頂戴したお宝はこの赤っ鼻だけだ。
ニム　そろそろ行くか？　国王はサウサンプトンから出発しちまうぞ。

＊1
すぐ前の台詞で小姓は（He）said they were devils incarnate. と言い、その中の incarnate（生まれ変わり）を carnation と聞き間違えて A could never abide carnation. と返している。

＊2
...then he was rheumatic... 文字通り訳せば「それから彼はリウマチになって」だが、場違い。これも女将らしい言い間違いで、言いたかったのは lunatic だと言われている。

＊3
the Whore of Babylon　新約聖書「ヨハネの黙示録」第十七章四～五節で述べら

ピストル　よし、行こう。――なあ、恋女房よ、その唇よこせ。
（キスする）
俺の家財や動産は大事にしろ。
分別が第一だ。「ツケは厳禁、現金ばらい」がモットーだ。
誰も信用するな。
誓いの言葉は藁《わら》しべ、男どもの約束はウェファースだ、
*食らいついたら離さない、これが一番いい犬だ、な、俺のアヒルちゃんよ。
だから、用心は最良の相談相手ってことだ。
さあ、お前の水晶のお目々を拭きなって。――さあ、戦友たち、
武器をとって
フランスを目指そう、馬に吸いつくヒルみたいに、
敵の生き血を吸って吸って吸いまくろう！
小姓　だけど、それ体に悪いそうですよ。
ピストル　あのふっくらした唇に触れて、それから出陣だ。
バードルフ　元気でな、女将さん。
ニム　キスはしない、てな気分なんだ、俺は。じゃあ、さよなら。

れている。

＊ Holdfast is the only dog. 一五八〇年までにBrag is a good dog. という格言が知られていた。その後Brag is a good dog, but Holdfast is a better. というものが生まれ、最初の記録は一七〇九年だという。シェイクスピアが書いたこの台詞が源だという説あり。「吠えるのはいい犬だが、噛みついたら離れない犬はもっといい」「有言実行よりも不言実行のほうが良い」

ピストル　財布の紐は締めてかかれ、家を守って出歩くな。これは命令だ。
女将　元気でね。さよなら。（一同退場）

第四場　フランス、王宮

ファンファーレ。フランス王、皇太子、ベリー公爵、ブルターニュ公爵、フランス軍司令官ら登場。

フランス王　こうしてイングランド軍は総力を挙げて攻撃してくる、
そこで我が方にとって何より重要なのは
第一級の防御態勢を敷いて応戦することだ。

従ってベリー、ブルターニュ、ブラバント、
オルレアンの各公爵には、ただちに出陣してもらう、
そして皇太子、お前は迅速に精鋭部隊と
防衛資材を集め、最前線の各都市の
援護と補強に当たってほしい。
イングランド王はまるで渦に飲み込まれる
流れのような激しさで攻めてくるからな。
我々はかつてイングランドの力をみくびったために
我が国土を戦場にして致命的な敗北を喫した、
その先例*に学び、先を見越した
備えをすべきだろう。

皇太子　畏れながら父上、
敵に対し武装するのは実に適切なことです、
なぜなら平和というもの自体、たとえ戦争や紛争が
差し迫った問題になっていなくとも、一王国を
軟弱にすべきものではなく、あたかも
開戦間近であるかのように防御を固め、

＊フランス軍がイングランド軍に敗れた一三四六年のクレシーの戦いと一三五六年のポワチエの戦いのこと。

兵隊を徴集し、戦闘態勢を整えるべきだからです。
ですから、我々がこぞってフランスの病んで弱った地方に視察に出ることこそ適切だと思います。
その際も不安の色など見せずにいましょう、
そうですとも、イングランドでは聖霊降臨祭の*モリスダンスの準備で大わらわだと聞いた程度の平然たる態度で。というのも陛下、イングランドは役立たずの王を戴き、王笏《おうしゃく》を握るのは馬鹿で浮ついた、浅はかで気まぐれな若造ですから、怖れるに足りません。

軍司令官　いや、お待ちを、皇太子殿下!
この王についての殿下のお考えは大間違いです。
最近戻った使節たちに殿下ご自身でお訊ねください、
王がいかに堂々たる威厳を帯びて使いの趣きに耳を傾けたか、
いかにしっかりと立派な顧問官たちに支えられていたか、
いかに謙虚に殿下の使節に応対したか、それと同時に
いかに手強《てごわ》い態度で揺るがぬ決意を示したか、返事をお聴きに

＊ Whitsun morris-dance　イースター後七回目の日曜日 Whit Sunday（Whitsun）、聖霊降臨祭などで踊られるイギリスの民族舞踊。

＊ 七三頁の注
the Roman Brutus　ローマに共和制を敷いたルキウス・ユニウス・ブルートゥス（英語読みはブルータス）のこと。ローマが第七代目の王「尊大なタルクィニウス」を戴いていたとき、

なれば、
王のかつての愚行は、古代ローマのブルータス*と同様、
見せかけにすぎなかったとお分かりになるでしょう、
思慮分別を愚鈍の衣で覆っていたのです、
ちょうど庭師が、最初に芽を出し、いちばん可憐に
咲き出す花の根元をこやしで覆い隠すように。

皇太子　いや、そうではない、軍司令官。
だが仮にそうだとしても、どうということはない。
防衛に当たる場合、敵の力を見かけより
強大だとみなすのは最良の策だ。
そうしてこそ防衛態勢は万全《ばんぜん》になる、
敵を過小評価し、備えの規模を落とせば、ケチな男が
わずかな布を惜しんだせいで、せっかく仕立てた上着を
台無しにしてしまうのと同じ愚を犯すことになる。

フランス王　ヘンリーを強大な王と思うことにしよう、
そして貴族諸卿、彼を迎え撃つべく強力な陣を敷いてくれ。
彼の先祖はすでに我々の血の味、肉の味を知っている、

彼の息子のセクストゥス・タルクィニウスがルクレツィアを強姦、駆けつけた夫、父、その友人のヴァレリウスとブルートゥスにルクレツィアはその復讐を誓わせて自害する。その際ブルートゥスは王制を批判した。王家による危険分子への粛清の嵐が吹き荒れる中、彼はわざと愚鈍な人間を装い、粛清を逃れる事に成功した。国王タルクィニウスはルキウスを無能だと侮り、彼なら自分の王位への脅威にはならないと判断して自らの側近に取り立てた。彼のあだ名「ブルートゥス」は「阿呆」の意味であり、これは彼がいかに軽く見られていたかを物語っている。紀元前五〇九年、初代の執政官（コンスル）の一人になる。

ヘンリーは、我々の馴染んだ国土において
我々をつけ狙った残虐な一族の血を引いている。
その証拠があの忘れがたい屈辱の日だ、
あの日、クレシー[*1]の戦いは致命的な敗北に終わり、
我が貴族たちはことごとく捕虜となった、
禍々《まがまが》しい異名を持つ黒太子《ブラック・プリンス》[*2]エドワードの手によって。
その間《かん》彼の父王は山の如く不動のまま山の上に立ち、
天空を背に黄金の太陽を王冠として戴き、
英雄たるおのれの胤《たね》をながめ微笑みを浮かべていた、
その目に映るのは、黒太子が自然の傑作を切りさいなむ様《さま》、す
なわち
神とフランスの父親たちが二十年かけて作り上げた
息子たちを彼が叩き潰す様《さま》だ。このヘンリーこそ
あの勝ち誇った幹から伸びたひと枝だ、彼の天与の力と
強運をあなどってはならぬ。

使者登場。

*1
Cressy　フランス語では Crécy と綴る。イギリス海峡に近いフランス北部の町。百年戦争初期（一三四六年）にクロスボウを使ったフランス軍がロングボウを使ったエドワード三世のイングランド軍に敗れた古戦場。

*2
Edward, Black Prince of Wales　直訳すれば「エドワード、黒い皇太子」。着用していた鎧が黒かったのでこう呼ばれた。

使者　イングランド王ハリーの使節たちが
陛下へのお目通りを願い出ております。
フランス王　すぐに会おう。使節たちをここへ。
（使者退場）
どうだ、猟犬どもが激しく迫ってきたな、諸君。
皇太子　向き直って追跡をやめさせるのです、臆病な犬は
脅かしているつもりの獲物が遠くへ逃げ出すと、
ギャンギャン吠えるものですから。名君たる陛下、
イングランドにきっぱり言っておやりなさい、陛下が
いかなる王国の君主であるか思い知らせてやるべきです。
おのれを愛するのは、おのれを蔑《ないがし》ろにするのに比べれば
それほどひどい罪ではありません。

エクセターが従者たちと共に登場。

フランス王　余の兄弟イングランド王の使節か？

エクセター　そうです、王から陛下へのご挨拶はこうでございます。

王は、全能なる神の御名《みな》において、陛下がただちに退位なさり、いま身につけておいでの借り物の栄光を放棄なさるよう望んでおります。それがイングランド王とその代々の世継ぎに帰属することは、天上および地上のあらゆる法が認めるところであります、その栄光とはすなわち王冠と広範囲に及ぶ名誉です、その名誉もいまは習慣と伝統によってフランスの王冠に付随しておりますが。この要求は、消え去った過去を記した古文書の虫食い穴からつまみ出したり、いにしえの忘却の埃《ほこり》をかき集めた不当不正なものではありません、それを陛下にご理解いただくために、王はここに、すべての枝葉《えだは》の末端まで嘘偽りなく記した最も記憶すべき系図をお渡しし、陛下が吟味なさるよう望んでおられます。そして現イングランド王が名高いご先祖の中でも

最も名高いエドワード三世の直系であることが
お分かりになれば、ただちにその王冠と王国を
引き渡すよう陛下にお命じです、それらは生まれながらの
正統な継承者の手から不当に奪われていたのですから。

フランス王　従わねばどうなる？

エクセター　血まみれの戦争です。なぜならたとえ陛下が王冠を
胸の奥に隠されても、王は探り出すでしょうから。
それゆえ王はすさまじい嵐となってやってきます、
ちょうどジュピターのように雷鳴と地震となって。
要求が通らないなら強制的な手段に出るでしょう。
そして、神の慈悲の心で陛下にお命じです、
王冠を引き渡し、この飢えた戦争が大口を開けて
餌食にしようとしている哀れな民を
お救いになるようにと。そのうえ王は、この戦争に飲み込まれる
あまたの夫、父、許婚《いいなずけ》らに成り代わり、
未亡人の涙を、孤児の泣き声を、死んだ男の血を、やつれた乙

女の呻《うめ》きを

陛下の頭上に注ぐでしょう。

以上がイングランド王の要求であり、警告であり、伝達事項であり――

ところでもしこの場に皇太子殿下がおいででしたら、

殿下にも忌憚《きたん》のないご挨拶の言葉をお伝えするのですが。

フランス王　余自身については、この件をさらに熟慮したうえ、

明日《みようにち》、余の最終的な決定を我が兄弟イングランド王のもとに

持ち帰ってもらおう。

皇太子　皇太子については、ここにいる私が彼に代わって

答えよう。イングランド王から皇太子への挨拶とは？

エクセター　嘲笑と挑戦、軽蔑と侮蔑、

その他偉大なる送り主に不適切でなければどんな言葉であれ、

王はあなたを許するものとして差し出されます。

我が王はこう仰せです。殿下のお父君が

我が方の要求を全面的に受け入れ、それによって

殿下がイングランド王に送られた苦い嘲笑の毒を

甘く健やかに一変させないかぎり、我が王は殿下を
熱い報復の場に引きずり出し、そのためフランス中の洞窟やほ
こらは
我が方の砲撃にこだまして、殿下の不埒《ふらち》な罪を叱りつけ、
殿下の嘲笑のしっぺ返しをするだろうと。

皇太子　仮に父上が色よい返事をするとしても、
それは私の意に反する。私が望むのは
イングランド王と戦うことだけだからだ。それに備え、
軽佻浮薄《けいちょうふはく》で青臭い彼にぴったりな
テニス[*1]の球を贈り物にしたのだ。

エクセター　王はその返礼にパリのルーヴル宮に大砲の弾を打ち
込み、
ヨーロッパ[*2]一を誇る宮廷を埃まみれの庭球場なみにするでしょ
う。
王が未熟なころに予想された将来のお姿と
成熟なさった今のお姿の違いを目の当たりにして、
我々臣下は驚いたものですが、殿下も驚嘆なさるに

＊1　原文ではParis-ballsとなっている。テニスはパリからイギリスに伝わったのでこう呼ばれていた。エクセターの次の台詞中のHe'll make your Paris Louvre shake for it.（王はそのお返しにパリのルーヴル宮を震撼させる）の皮肉が生きる。

＊2　Were it the mistress-court of mighty Europe.「仮にそれ（パリのルーヴル）が強大なヨーロッパ第一の宮廷だとしても」ということだが、courtには「テニスコート」の意味もある。テニスの攻防戦のイメージと、宮廷に砲弾を撃ち込んでめちゃめちゃにするというイメージが重なる。

違いありません。いまや王はこの世の時間を砂時計の砂のひと粒まで大事になさっています。殿下はそれをご自身の敗北によって思い知るだろう、王のフランス滞在中に。

フランス王　明日《あす》、余の意向をつぶさに伝えよう。

（ファンファーレ）

エクセター　なるべく早く我々をお返しください、さもないと王はみずからここへおいでになり、遅延の理由を問い詰められるでしょう、王はすでにこの国に上陸しておいでですので。*

フランス王　色よい返事を持たせてすぐにお返ししよう。これほどの重大事への答えを出すにはひと晩というのはあまりに短いが。

（一同退場）

＊ 史実では、ヘンリー五世がフランスに侵攻したのは一四一五年八月一四日。

第三幕

コーラス登場。

コーラス　速《すみ》やかに場面が移る私どもの芝居は
こうして空想の翼に乗り、人の思いに劣らぬ速さで
飛んでゆきます。ご想像ください、皆様がすでにご覧になった
のは、
戦闘準備を整えた国王がハンプトンの埠頭《ふとう》で乗船なさるお姿、
そして威容《いよう》を誇る王の艦隊が絹の軍旗をはためかせ
若々しい朝日の面《おもて》をあおぐさま。
想像力を働かせ、ご覧ください、
若い水夫たちが麻の縄梯子《なわばしご》をのぼっています。
お聞きください、艦長の笛の命令一下《いっか》、

混乱とざわめきは静まり秩序が戻る。ご覧ください、
丈夫な麻布《あさぬの》の帆は目に見えぬ風をはらみ、
その力を受けた巨大な船体が波間を切って、
うねり聳《そび》える潮《うしお》に立ち向かいます。ああ、波頭《なみがしら》に踊る
海岸に立つ皆様が目になさるのは、
ひとつの都市だとお思いください。
*ハーフラーを目指す王の堂々たる艦隊は
そのような様子だからです。さあ、続け、続け!
この艦隊の最後尾《さいこうび》に皆様の心をくくりつけ、今はまだ
真夜中のように静まりかえったイングランドをあとにして。
そこを護る者といえば、体力気力がもう失せたか、
いまだ身につかぬ祖父や赤子や老婆ばかり。
なぜなら顎髭《あごひげ》が一本でも生えはじめた者ならば
誰であれ、この精鋭部隊の一員として
フランス遠征を志願するでしょうから。
想像力を働かせ、包囲戦を思い浮かべてください。
ご覧ください、台車にすえた大砲が必殺の砲弾を吐く口を

＊ Harfleur フランス語読みではアルフルール。セーヌ川の河口に位置する港。

防壁に囲まれたハーフラーに向けています。
ご想像ください、フランス宮廷から戻った使節が
報告します、フランス王はその娘キャサリン*を
我らが王ハリーに差し出し、持参金として
何の足しにもならぬ公爵領をいくつかつけるとのこと。
その申し出ははねつけられ、敏捷《びんしょう》な砲撃手はいま
恐ろしい大砲に着火します、　（戦闘開始のラッパと太鼓。大砲数発発射）
一瞬にしてすべてが倒壊。さて重ねてご好意におすがりします、
我らの芝居の足らざる点はご想像で補っていただきます。（退場）

* Katherine his daughter　フランス名はカトリーヌ・ド・ヴァロワ（一四〇一～三七）、一四二〇年六月、トロワのサン・ジャン教会でヘンリー五世と結婚、翌二一年二月にロンドンのウエストミンスター寺院で戴冠式。ヘンリー六世の母、ヘンリー七世ヘンリー・リッチモンドの祖母（ヘンリー五世の死後、オーウェン・チューダーと事実上の婚姻関係にあり、長男エドマンドの息子がヘンリー七世）。なお姉のイザベルはリチャード二世の妃。

第一場　フランス、ハーフラーの市門前

急を告げるラッパの音。兵士たちが市門を乗り越えるための梯子を持って登場。王、エクセター、ベッドフォード、グロスター登場。

王　いま一度突破口へ、友人諸君、いま一度、
さもなくばイングランド兵の死体であの穴をふさげ。
平和なとき、男に最もふさわしいのは
静かな物腰《ものごし》と謙遜だ。
だが戦闘ラッパの旋風が耳元で吹きすさぶとき
見習うべきは虎の行動だ。
筋肉をきりりと引き締め、血を沸き立たせ、
人間らしい優しさに険《けわ》しい怒りの顔をかぶせろ。
そして睨《にら》みをきかせた目《まなこ》から

炯々《けいけい》たる眼光を放て、
大砲の筒先を突き出す勢いで。額《ひたい》と眉は
目を覆い隠すほど突出《とっしゅつ》させろ、
そそり立つ岩棚《いわだな》が
荒海の波に削られた岩盤を見下ろすように。
さあ、歯を食いしばり、鼻腔《びくう》を広げ、
深々と息を吸い込み、気力精力を限界まで
高めるのだ。進め、進め、イングランドの貴族たち、
諸君の武勇の血は百戦錬磨の父祖伝来のものだ、
諸君の先祖は一人一人がアレキサンダー大王となり、
この地において夜明けから日没まで戦い、あたりに
敵の影が無くなるまで剣を鞘に収めなかった。
諸君が父と呼ぶ者たちの胤《たね》であることを証明し、
諸君の母たちに不貞の汚名を着せるな。
いまこそ卑しい生まれの者たちの手本となり、
戦《いく》さの仕方を教えてやれ。そして良き郷士《ごうし》諸君、
諸君の五体はイングランドで作られた、今ここで

*1諸君の飼育《しいく》の素晴らしさを見せてくれ。さすが
イングランド育ちは出来が違うと誇らせてくれ——私はそれを
信じている、
諸君の中には目に高貴な光を宿さぬ卑劣で
下賤な者はただの一人もいないからだ。
見れば分かる、諸君は革紐につながれた猟犬のように
奮《ふる》い立っている。見ろ、獲物だ。
諸君の闘志のあとを追い、雄叫《おたけ》びをあげろ、「神よ、ハリーを
守りたまえ、
*2セント・ジョージよ、イングランドを守りたまえ！」
（一同退場。突撃ラッパ、大砲が発射される）

第二場　同じ場所

*1
Show us here/ The mettle of your pasture; let us swear/ That you are worth your breeding-which I doubt not. ヘンリーは yeomen（「郷士」と訳したが、要するに自作農、小地主のこと）を良質の家畜にたとえている。「私はそれを信じている」の文で一人称が「君主の we」から私人の I に変わる。また pasture は「牧草地」の意。

*2
Saint George　古代ローマの軍人ゲオルギウス、イングランドの守護聖人。三〇三年のディオクレティアヌス帝による迫害で殉教。竜を退治して王女を救い、その国をキリスト教に改宗させたという伝説が生まれた。

ニム、バードルフ、ピストル、小姓登場。

バードルフ　進め、進め、進め、進め、進め、突破口へ、突破口へ！

ニム　頼む、中尉殿＊、待ってくれ。一斉射撃が猛烈すぎる、俺は命が一ダースあるわけじゃねえ。猛烈すぎるってのが、いまの俺の気分だ、単刀直入に言やそうなる。

ピストル　単刀直入ってのは言い得て妙だ。ここにはいろんな気分が渦巻いてら。

一斉射撃が始まったり止《や》んだり、人の子がころっと死んだり、

（歌う）剣《つるぎ》と盾《たて》は

　血の戦場で

不滅の名誉を手に入れる。

小姓　ロンドンの居酒屋でぐだぐだしてたいなあ！　名誉なんかまるごとくれてやるよ、ビール一杯と身の安全をもらえるなら。

ピストル　俺もだ。

ヘンリー五世は戴冠式のあと、聖ジョージの日（四月二十三日）を祝日と定めた。

＊　ニムはバードルフをCorporal（伍長）と呼んでいるが、これはバードルフの『ヘンリー四世』第二部における地位。フォルスタッフの一党は本作ではみな出世しており、二幕一場（四四頁）ではバードルフはLieutenant（中尉）。「伍長」ではニムと同じ地位になってしまい、紛らわしいので「中尉」とする。

（歌う）望みが叶うものならば
　思い通りにしてみせる、
　行きたいところに俺は行く。
小姓　（歌う）臆病風に吹かれて、
　でもまともな声では歌えない、
　さえずる小鳥がうらやましい。

ウェールズ人の将校フルエリン登場。

フルエリン　（ピストルらを殴る）おい、突破口に突撃だ、犬ども！　前進だ、下衆下郎《げしゆげろう》ども！
ピストル　偉大なる隊長殿、土塊《つちくれ》にすぎぬ我らにお慈悲を！　怒りを鎮めたまえ、雄々しき怒りを鎮めたまえ、怒りを鎮めたまえ、偉大なる隊長殿！　なあ、君、そう怒るなって！　思いやりを発揮してくれ、いい子だから！
ニム　こいつはいい気分だ！　隊長閣下はご気分ナナメであらせ

られる。　　　　　　　　　　　　　　　　（小姓を残して一同退場）

小姓　僕はまだ子供だけど、あの大ボラ吹き三人のことはこの目で見てきた。僕はあの三人みんなの小姓だけど、あの三人はみんなで束になっても僕の下男も務まらない。ああいう道化はいくら寄せ集めたって一人前の男になれないんだから。まずバードルフ、血の気が多いのはあの赤ら顔だけ、肝っ玉はちっこくて生っ白《ちろ》い。次は強面《こわもて》でハッタリかますけど、いざとなると怖がって戦わない。次はピストルだ、あの人は必殺の舌とひっそりした剣の持ち主だから、言葉はズタボロになっても剣には刃《は》こぼれ一つない。それからニム、無口な男は最高の勇者だとどっかで聞いたもんだから、臆病者と思われたくなくてお祈りの文句ひとつ口に出さない。だけど悪い言葉が少ない分、いい行いも少ないんだ。だってぶち割るのは他人《ひと》の頭じゃなくて自分の頭、しかも酔っ払って柱にぶつけたから。あいつらは何でも手当たり次第に盗んできてそれを「戦利品」と呼んでいる。バードルフはリュートのケースを盗んで、延々六〇キロも運んでいって、たった三ペンス半で売ったたっけ。ニムとバードルフはコソ泥仲間で、カレー*の町で石炭シャベ

＊ Calais　フランス北部のドーヴァー海峡に面した港湾都市。百年戦争中の一三四七年からメアリ一世時代の一五五八年まで英領。

ルを盗んだことがある。その大《たい》した軍務を見て、僕は分かった、二人とも汚れた手をした腰抜けなんだ。あいつらは僕に、手袋とかハンカチみたいにポケットと仲良くしろと言う、他人《ひと》のポケットとだよ。だけど、他人《ひと》様のポケットから僕のポケットに物を出し入れしたら僕の男がすたる、いい恥さらしだ。あいつらとは手を切って、もっといいとこに奉公しよう。やつらの悪事には胸がむかつく、だからさっさと吐き出しちゃうしかない。（退場）

ガワー[*1]とフルエリン[*2]が登場し、出会う。

ガワー　フルエリン大尉、ただちに地下[*3]の坑道に来てくれ。グロスター公爵がお呼びだ。

フルエリン　坑道に？　公爵に伝えてくれたまえ、坑道に行くのはまじゅいとな。何となれば、よろしいか、あの坑道は兵法にかなっとらん。深《ふか》しゃが足りんのだ。何となれば、よろしいか、敵はだな、貴君から公爵に宣言《しえんげん》してもらってもよいが、よろしいか、敵は我が軍の坑道より四ヤードも下に逆坑道を掘っとるのだ。イ

＊1　小姓の退場で二場は終わりとし、ここから三場とするテクストもある。たとえばオックスフォード版。なお『ヘンリー四世』第二部、二幕一場に同名の人物Gowerが登場する（ちくま文庫版二七一頁）。同一人物かもしれない。

＊2　Fluellen　ウェールズ人将校。ウェールズ訛りがあり、bをpと（たとえばbridgeをpridgeと）、dをthと発音し、dug（「掘る」という意味の動詞digの過去分詞dug）をdigtと言ったりする。By Jesu（イエスにかけて）と言うべきところをby Cheshuと言う。本訳でもサ行に難ありというふうにした。語彙は衒学的。同工異曲の言い回

エシュ・キリシュトにかけて誓うが、我が軍は吹っ飛ばしゃれるじゃろう、もっと良い指令を出しゃんことには。

ガワー　この包囲戦の司令官はグロスター公爵だが、公爵は全面的にあるアイルランド人の指示に従っておられる、実際非常に勇敢な紳士だ。

フルエリン　それはマクモリシュ大尉ではないかな？

ガワー　そうだと思う。

フルエリン　イエシュ・キリシュトにかけて、ありゃ馬鹿だ、この世に二人といない馬鹿である。あの髭面に面と向かってしょう断言してやる。まことの兵法、つまり古代ローマ兵法に則《のっと》った指令はまったく出しぇん男だ、犬っころほどの心得もない。

マクモリス*1とジェイミー*2登場。

ガワー　来た、スコットランド人のジェイミー大尉も一緒だ。

フルエリン　ジェイミー大尉は勇猛果敢な紳士だ、間違いない、彼の指揮ぶりから判断しゅるに、古代の戦争《しえんしょう》に関しゅる大いなる

しが多い。

*3
mines　敵の城壁なり城なり地下に爆薬を仕掛けるために掘る坑道。

*1
MacMorris　アイルランド人の将校、やはり訛りがある。sをshと発音するのがアイルランド人の特徴、ステレオタイプ。たとえばby Christをby Chrishと言う。彼のみが話す相手の名前も階級も言わない。同じ「大尉」の階級でありながら、アイルランド人であるが故の暗黙の差別に対する屈折の現れか？

*2
Jamy　スコットランド人の将校、訛りがある。たとえばgood day（ご機嫌よう）をguid dayと言う。

知識としょれを迅速に実行に移しゅ力をしょなえておる。イエシュ・キリシュトにかけて誓うが、ローマの古《いにしえ》の戦争について彼に自説《じしえつ》を主張しゃしぇてみろ、世界《しぇかい》のいかなる軍人にも引けを取らん。

ジェイミー　ご機嫌いかがかな、フルエリン大尉?

フルエリン　やあ、ご機嫌よう、ジェイミー大尉。

ガワー　これはこれは、マクモリス大尉、坑道掘削《くつさく》は中止ですか? 工兵たちは手を引いたのですか?

マクモリス　イエシ・キリシチにかげで、あれはなっとらん、工事は中止だべ、退却ラッパが鳴ったでよ。この手にかげで、オラの親父の魂にかげで断言するだが、工事はなっとらん、中止になっただ。まっこと、あと一時間あれば、ああ、イエシ・キリシチよ救いたまえ、街を丸ごと吹っ飛ばしてみせたものを。ああ、なっとらん、なっとらん。この手にかげで、なっとらん!

フルエリン　マクモリシュ大尉、ひとつお願いがごじゃる。兵法に関して、古代ローマの兵法について、貴君と論じ合いたいのだが、よろしいか、応じていただけるかな、討論のかたちを取り、友好的に意思疎通《しょつう》をはかりつつ？　これは兵法の指示に関して、半ばは我輩の説《しぇつ》の確信を得るためであり、半ばは、よろしいか、我輩の気持ちの満足《まんじょく》のためでもある、しょれが肝心な点なのだ。

ジェイミー　それはいいなっす、実にいいなっす、ご両名ともいい大尉殿であられる、事と次第によっては自分にも発言させていただきたい、是非ともお頼み申す。

マクモリス　イエシ・キリシチよ、救いたまえ、今は議論している場合ではない。てんやわんやの一日だで、それにこの天気だ、戦さだ、国王だ、公爵方だ。議論なんぞしている場合か、街は包囲しだ、ラッパが突破口への突撃を命じておる、にもかかわらず、オラだちはくっちゃべっておって、イエシ・キリシチに誓って言うが、何ひとつなしとらん。オラだちみんなにとってこれは恥だべ、神よ、じっとして動かんのは恥だ、この手にかげで断ずる、これは恥だ。切るべき喉があり、なすべき仕事がある。にもかかわらず何事もなされておらん。イエシ・キリシチよ、オラを救いたまえ、ああ！

ジェイミー　聖なるミサにかけて*断言する、自分のこの両の目が

＊ By the mess　スコットランド人のカトリックにふさわしい誓言、mess は mass（ミサ）が訛ったもの。

うとうとでもしようものなら、その前に土の中に横になって寝てもかまわん。死んで神様に借りを返す、自分は思い切り勇敢に戦って借りを返す。必ずそうする、かいつまんで言やあそういうことだ。まっことご両名の議論を聞きたいものでがんす。

フルエリン　マクモリシュ大尉、よろしいか、我輩の意見が間違っとったら訂正《ていしえい》してくれ、この軍隊には貴君の国の同胞アイルランド兵士はあまり大勢はおらんようだが——。

マクモリス　*オラの国とはなんだべ？　オラの同胞とはなんだべ？　アイルランド人は悪党か、私生児か、ごろつきか、ろくでなしか？　オラの国とはなんだべ？　ウェールズ人のおめに言ってほじぐねえ。

フルエリン　よろしいか、貴君が我輩の意図を誤解しゅるなら、マクモリシュ大尉、是非《じぇひ》もない、我輩が思うに貴君の我輩への対し方には、配慮してしかるべき愛想の良さが欠けておる。よろしいか、我輩も貴君と同じく優《しゅぐ》れておるのだからな、兵法においても、出自《しゅつじ》においても、諸般にわたるその他においてもだ。

マクモリス　おめがオラと同じく優れとることなんぞオラ知らん。

＊
Of my nation? What ish my nation? ...Who talks of my nation?　イングランドに攻められ続け、たびたび叛乱を起こしてきたアイルランド。その自分たちに「オラの国（my nation）と呼べるものがあるか、どこにある？」というニュアンスと怒りがこもっている。

イエシ・キリシチに誓って、おめの首を切り落としてくれる。
ガワー　紳士ともあろうご両名が、誤解しあうおつもりか。
ジェイミー　ああ、そいつはおっそろしい間違いでがんす。
（談判を告げるラッパの音）
ガワー　ハーフラー側が談判のラッパを鳴らしているぞ。
フルエリン　マクモリシュ大尉、よりよい機会に恵まれたならば、よろしいか、僭越《しえんえつ》ながら我輩が兵法に通じとることを披瀝《ひれき》しよう。言いたいことはしょれだけじゃ。
（一同退場）

第三場　ハーフラーの市門前

市長らが城壁の上に立っている。王ヘンリーとその一行登場。

王　ハーフラーの市長はどのような決断をくだしたのか？
これは余が許す最後の談判だ。
したがって、余の最善の慈悲に身を委《ゆだ》ねるか、
あるいは破滅を栄光とみなす者らしく
堂々と戦いを挑み、余に最悪の
行動を取らせるか。なぜなら私[*1]は軍人であり、軍人という名こ
そ
私に最も似つかわしいと思っている、だから
いま一度砲撃を開始すれば、私には
征服半ばのハーフラーから立ち去るつもりは毛頭ない、
街が灰燼《かいじん》に帰するまで徹底的に破壊する。
慈悲の門はすべて閉ざす、するとどうなるか、
肉[*2]に飢えた兵士たちは、無慈悲な硬い心をかかえ、
血まみれの手に存分に血を吸わせようとうろつき回り、
良心は広大な地獄なみにゆるみ、お前らの美しく瑞々《みずみず》しい乙女
や
花のような赤子たちを、草でも刈るように一刀両断にするだろ

＊1　ここからヘンリーの使う一人称は「君主の we」から私人の I になる。

＊2　fleshed soldiers　この fleshed という語は猟犬の形容に使われる。「肉の味を覚え、味をしめて興奮し、獲物を追う」ということ。「うろつき回る」と訳した

range も猟犬が獲物を探し
回る行動を表す。

う。
だが、私に何の関わりがある、たとえ非道な戦争が
悪魔の王者ルシファーのように炎で身を包み、
顔面を泥まみれにして、荒廃と破壊につながる
残虐な所業にふけるとしても？
私に何の関わりがある、お前ら自身のせいで、
この街の純粋無垢な乙女たちが、めらめらと燃える
欲望の手に落ちて強姦されたとしても？
放埒《ほうらつ》な悪行《あくぎょう》という馬が全速力で丘を
駆け下りてくるとき、制御できる手綱があるか？
狂ったように略奪に走る兵士たちに命令をくだし、
それを止《と》めようとしても虚しく甲斐はない、
沖の鯨に召喚状を出し、岸まで泳いで来いと
言うようなものだ。だから、ハーフラーの市民よ、
お前たちの街とそこに住む人々に憐れみをかけろ、
いまならまだ私の兵士たちは私の命令に従う、
いまならまだ冷静で穏やかな慈愛の風が

重苦しい殺人、略奪、暴行という
感染力のある不潔な雲を吹き払える。
憐れみを掛けぬなら、よいか、一瞬後にお前たちが
目にするのは、血に飢えた兵士らがよごれた手で、
悲鳴を上げる娘たちの前髪をつかみ闇雲に陵辱する様《さま》、
彼らがお前たちの父親たちの銀色の髭をひっ摑んで、
その尊い頭を壁に叩きつける様、
裸の赤子を槍で串刺しにする様だ、
半狂乱の母親たちの吠えるような叫びは
雲を切り裂くだろう、かつてヘロデ王配下の残忍な
殺し屋どもに向かってユダヤの女たちが泣き叫んだように。*
さあ、返事を聞こうか。降伏してこれを避けるか？
それとも防戦という罪を犯し、破滅を招くか？

市長 我々の希望は今日この日ついえました。
皇太子に援軍を願い出ていたのですが、彼の軍には
これほどの大包囲軍を撃退するだけの準備が
まだできていないとの返事が来ました。ですから畏れ多き王よ、

* at Herod's bloody-hunting slaughtermen　ヘロデ王はキリストの誕生を恐れ、ベツレヘムとその近郊の二歳以下の男の子を殺させた。新約聖書「マタイによる福音書」第二章第十六～十八節参照。

この街と市民の命を陛下の優しいお慈悲に委《ゆだ》ねます。
門からお入りのうえ、我々と我々のものを存分に処置なさるが
いい、
我々にはもはや街を守る力はありませんので。

（市長退場）

王　門を開けろ。
エクセターの叔父上、
ハーフラーに入城なさい。しばらくここに留まり
対フランス軍の守備を固めてください。
市民全員に慈悲をかけるように。余自身は、叔父上、
冬も近づき、兵士たちのあいだで病人が
増えていることもあり、いったんカレーに退却します。
今夜はハーフラーで叔父上の客となろう、
そして明日の進軍に備えることにしよう。

（ファンファーレ、王とその一行入城）

第四場　ルーアン、フランス王の宮殿の一室

フランス王女キャサリンと侍女アリス登場。*1

キャサリン　アリス、お前はイングランドにいたことがあるから英語を話せるわね。*2

アリス　はい、ほんの少し。

キャサリン　お願い、教えて。私も覚えなくては。「手」は英語でなんて言うの？

アリス　「手」は、「ド・アンド」と言います。

キャサリン　「ド・アンド」。「指」は？

アリス　「指」ですか？　あらいやだ、「指」は忘れました、でもすぐ思い出します。「指」は、確か「ド・フィングルズ」かしら、ええ、「ド・フィングルズ」。

キャサリン　「手」は「ド・アンド」、「指」は「ド・フィングル

＊1
Fのここのト書きには「老侍女（an old Gentlewoman）」とあるが、五幕二場（二一八頁）ではヘンリーが「美しい方（fair one）」と呼びかけている。シェイクスピアは五幕を書く段階で三幕のアリスを老女としたことを忘れたか。

＊2
この場は当時のフランス語で書かれている。アーデン3を含む現代の原文テクストではこの場のフランス語はモダナイズされている。

ズ」。私、優等生だと思うわ、もう英語を二つも覚えたんですもの。「爪」はなんて言うの？
アリス　「爪」は、「ド・ナイルズ」です。
キャサリン　「ド・ナイルズ」。聞いて、ちゃんと言えてるかしら。「ド・アンド」、「ド・フィングルズ」、そして「ド・ナイルズ」。
アリス　とてもお上手です、王女様、立派な英語ですわ。
キャサリン　英語で「腕」は？
アリス　「ド・アルム」です。
キャサリン　じゃあ「肘《ひじ》」は？
アリス　「デルボー」。
キャサリン　「デルボー」。いままで教わった言葉をぜんぶ繰り返してみるわね。
アリス　それは難しいと思いますけど、王女様。
キャサリン　いいえ、アリス、聞いて。「ド・アンド」、「ド・フィングルズ」、「ド・ナイルズ」、「ド・アルム」、「ド・ビルボー」。
アリス　「デルボー」ですよ、王女様。
キャサリン　ああ、神様、私の記憶力はだめ。「デルボー」。「首」

は？

アリス　「ド・ニック」です。

キャサリン　「ド・ニック」。「顎《あご》」は？

アリス　「ド・チン」。

キャサリン　「ド・シン」。「首」は「ド・ニック」、「顎」は「ド・シン」。

アリス　はい、畏れながら、本当に王女様の発音は生まれながらのイングランド人のように正確です。

キャサリン　神様のおかげで、私きっと覚えられるわ、しかもすぐに。

アリス　お教えしたこと、もうお忘れじゃないでしょうね？

キャサリン　大丈夫、言ってみるわね、「ド・アンド」、「ド・フィングルズ」、「ド・マイルズ」――

アリス　「ド・ナイルズ」です、王女様。

キャサリン　「ド・ナイルズ」、「ド・アルム」、「ド・ビルボー」

――

アリス　畏れながら、「デルボー」。

キャサリン　私そう言ったわ、「デルボー」——「ド・ニック」と「ド・シン」。「足」はなんて言うの、それと「上着」は？

アリス　「ド・フット」です、王女様、それと「ド・カウン」。

キャサリン　「ド・フット」と「ド・カウン」？　ああ、神様、*なんていやな、堕落した、品のない、みだらな響きなの、貴婦人にはとても使えない言葉だわ。フランスの王侯貴族の前では絶対に口に出したくない。ああ、いや！「ド・フット」と「ド・カウン」！　でも、いま習ったことをもう一度復習しておきましょう、「ド・アンド」、「ド・フィングルズ」、「ド・ナイルズ」、「ド・アルム」、「デルボー」、「ド・ニック」、「ド・シン」、「ド・フット」と「ド・カウン」。

アリス　よくお出来になりました、王女様！

キャサリン　一度にこれだけ覚えれば十分ね。食事に行きましょう。　（二人退場）

* 王女は le pied と la robe は英語で何と言うかと尋ね、アリスは de foot と de coun と答える。むろん coun は gown のつもりだが、フランス語の con（女性性器、膣）に聞こえる。一方 foot はフランス語の foutre（女をモノにする）に音が似ている。なお coun は F では count と綴られている。すると英語の発音は cunt（女性性器）と同じになる。かくして王女に拒否反応が生じる。

第五場　同宮殿の別の一室

フランス王、皇太子、ブルターニュ[*1]公、フランス軍司令官、その他登場。

フランス王　彼がソム川[*2]を渡ったのは間違いない。

軍司令官　そのまま迎撃を受けずに攻めてくるなら、陛下、
我々はフランスから追い出された方がましです、全てを捨て、
我々の葡萄畑もあの野蛮人どもにくれてやりましょう。

皇太子　ああ、生ける神よ[*3]！　我々フランス人から分かれた小枝、
祖父たちの情欲がこぼした種《たね》の成れの果て、
野生の卑しい台木《だいぎ》に接木された我々の挿し穂が
これほど急激に、雲を突くほどに伸びて
元の親木《おやぎ》を見下ろすというのか？

ブルターニュ　ノルマンの出だが、私生児のノルマン人、ノルマ

＊1
ホリンシェッドによれば、この会議に出席した三十五名の王侯貴族のなかにベリー公爵とブルターニュ公爵がいた。しかし、他の場面との整合性からこれをブルボン公爵とする版もある。たとえばニュー・ケンブリッジ版。

＊2
the river Somme　ハーフラーとカレーの中間のややカレーより西に向かい、英仏海峡に流れ込む川。Sommeという名は「静けさ」という意味のケルト語が由来だそうだ。ヘンリー

ン人の私生児だ！
死など恐れるものか、やつらが迎撃を受けずに
進撃を続けるなら、私の公爵領など売り払い
地球の片隅に追いやられたアルビオン島の
じめじめした薄汚い畑を買ったほうがましだ。

軍司令官　戦さの神よ、彼らはどこであの勇敢な気質を得たのか？
彼らの国の気候は寒冷で、霧深く、曇天ばかり、太陽もまるで
蔑《さげす》むように蒼ざめた渋い顔を向け、
果実を殺してしまうではないか？　あの沸騰させた水、
疲れた駄馬の水薬《みずぐすり》、彼らの言うビールを飲めば、
冷たい血も沸き立ちこれほど熱い勇気に変わるのか？
ワインによって元気を吹き込まれた我々の生き生きとした血は
凍りついたように見えるのか？　おお、我らの国土の名誉のために、
茅葺《かやぶき》屋根から垂れ下がるつららのように
ぶらぶらするのはやめにしよう、あの冷血人種どもが

五世の軍は十月七日にハーフラーから出陣。ソム川を渡り、北岸のAthiesに入ったのは十月二十日。ここからアジンコートまで五日かけて進軍したことになる。

＊3　原文はフランス語。O Dieu vivant! (=O living God!)　次のブルターニュ公も軍司令官も同じくフランス語で誓う。前者は「死など恐れるものか　Mort de ma vie (=Death of my life)」と、後者は「戦さの神よ　Dieu de batailles (=God of battles)」と。

若々しい汗を颯爽《さっそう》と流しているのだ、我々の豊かな土地に！
いや貧しい土地と言うべきだ、こんな貧弱な持ち主を生み出したのだから。

皇太子　信義と名誉にかけて、
我が国の女性たちは我々を馬鹿にし、我々が男として
終わっているとあからさまに言い、自分たちの体を
イングランドの若者の欲望に任せて、フランスに
私生児の兵士たちを新たに供給しようとしている。

ブルターニュ　彼女たちは、我々にイングランドの
ダンス教習所に行き、[*1]高く飛び跳ねるラヴォルタや
[*2]走るようなステップのコラントを教えてこいと言っています、
我々の取り柄は高跳びと逃げ足の速さだからと。

フランス王　伝令官[*3]モントジョイはどこだ？　即刻召し出せ。
イングランド王に強硬な挑戦状を叩きつけてやる。
起《た》て、貴族諸卿、みなの名誉心を
剣より鋭く研ぎ澄まし、戦場へ急げ。
フランス軍司令官シャルル・ダルブレ、

＊1
lavoltas　元はイタリア語のla volta（意味はturn＝回転）。男女ペアで踊る活発なダンス。高く飛び跳ねるといった動きが多く入る。OEDによれば初出は一五八四年なので、ここで（一四一五年）言及するのはちょっとしたアナクロニズム。ちなみに映画『エリザベス一世』ではケイト・ブランシェット扮するエリザベスが恋人のダドリーとラヴォルタを踊っている。

＊2
corantos　元はイタリア語のcoranta（フランス語の「courante＝駆け足」から来ている）。走るようなステップが特徴。この二つのダンス名を並べた趣旨は、フランス軍はturning（向きを変える）とrunning

そしてオルレアン、ブルボン、ベリー、
アランソン、ブラバント、バール、ブルゴーニュの公爵たち、
ジャック・シャティヨン、ランビュアズ、ヴォードモン、
ボーモン、グランプレ、ルッシ、ファルコンブリッジ、
フォワ、レトレイユ、ブシコー、シャロレらの*
高位高官、王侯貴族、男爵、子爵、勲爵士の諸卿、
諸卿の大いなる地位のために、諸卿の大いなる恥辱を追い払え。
イングランドのハリーを阻止せよ、やつはハーフラーの血に
染まった軍旗をひるがえし、我が国土で猛威を振るっている。
やつの軍隊を襲撃しろ、アルプスの峰々が卑しい谷底に向かって
雪崩《なだれ》の痰《たん》を吐き出すように。
ハリーに襲い掛かれ、諸卿には十分その力がある、
彼を捕虜として凱旋の二輪戦車に乗せ
ルーアンに連れてこい。

軍司令官　偉大な王にふさわしいお言葉。
ヘンリーの軍勢がこれほど僅《わず》かで、しかも兵士たちが

（逃げる）のが得意だという皮肉。

＊3　Montjoy the herald　この劇中では伝令官の名前だが、本来フランス語の montjoie（モンジョワ）は中世フランス軍やフランス王の軍隊の鬨の声（Montjoie, Saint Denis!）。そこから派生して伝令官の官職名になった。

＊　ここに挙がっている名はベリー、ブルゴーニュ、シャロレを除き、すべてホリンシェッドから取られている。アジンコートでの戦死者。

行軍中に病気になり、飢えているのが残念です、
なぜなら、我が軍を見れば、彼の心は
恐怖のどん底に沈み、勝利を目指して戦う前に
身代金*を払うと申し出るに決まっていますから。

フランス王　そういうことだから、軍司令官、急ぎ
モントジョイをイングランド王に遣わし、いくら
身代金を払うつもりか余が知りたがっていると伝えさせろ。
皇太子には余と共にここルーアンに留まってもらう。

皇太子　いいえ、陛下、お願いです、出陣させてください。

フランス王　辛抱しろ、余と共に留まるのだ。
さあ、軍司令官、そして貴族諸卿、出撃しろ、
一刻も早くイングランド王降伏の知らせを持ってこい。

（一同退場）

＊　戦闘が始まる前に身代金の交渉が行われ、身分の高さと身代金の額の高さは呼応していた。

＊1　Picardy　フランス北部の地方・旧州。

＊2　the bridge　ホリンシェッドには橋の名前はないが、ブランジー（Blangy）近くのテルノワーズ（Ternoise）川にかかる橋とされる。この橋の近くで小競り合いがあり（十月二十四日?）、その後イングランド軍はアジンコートに向かった。

＊3　Agamemnon　ギリシャ神話のトロイ戦争におけるギリシャ軍の総大将。

第六場　ピカルディ[*1]のイングランド軍陣営

ガワーとフルエリン登場。

ガワー　やあ、フルエリン大尉、橋[*2]からお戻りか？

フルエリン　あの橋ではしゅばらしい軍事行動が展開しゃれましたじょ。

ガワー　エクセター公爵はご無事ですか？

フルエリン　エクシェター公爵は古代ギリシャの総大将《しょうだいしょう》[*3]アガメムノンのごとく極めて豪胆であられる。我輩は公を敬《うやま》い愛しとる、我が魂と心、義務と生命《しぇいめい》、生活《しぇいかつ》と最大限《しゃいだいげん》の力をこめて。公爵は、有り難き神しゃまのおかげで、傷ひとつ負っておらん、実に見事な戦術《しぇんじゅつ》をもって勇猛果敢にあの橋を死守しておられる。橋[*4]には旗手の少尉がおった。この男はだな、我輩の良心にかけて思うのじゃが、勇気にかけてはかのマーク[*5]・アントニーにも引けを取らん。

＊4　この口ぶりからすると、フルエリンは三幕二場（八八頁）でピストルらを突破口へと追い立てたことを忘れているのか。それを忘れたのはシェイクスピア？

＊5　Mark Antony　マルクス・アントニウス（B.C.八三？〜B.C.三〇）古代共和政ローマの政治家・軍人。ユリウス・カエサル（ジュリアス・シーザー）の武将、オクタヴィアヌス、レピドゥスと共に第二次三頭政治を結成。その後エジプトの女王クレオパトラと結び、オクタヴィアヌスと対立、アクティウムの海戦で敗れ、エジプトのアレクサンドリアで自殺した。シェイクスピアがアントニーに言及したのは『ヘンリー

ところが世間《しえけん》ではまったく評価しゃれておらんのじゃ。しかし我輩は華々しい武勲を挙げた男と見た。
ガワー　なんという名ですか？
フルエリン　旗手のピシュトルじゃ。
ガワー　知りませんな。

ピストル登場。

フルエリン　ご当人が来た。
ピストル　大尉殿、願いごとを叶えてはもらえまいか。エクセター公はお主《ぬし》*に目をかけておいでだな。
フルエリン　しゃよう、神を賛《たた》うべし、我輩にはしょれに値する美点があると存《じょん》ずる。
ピストル　バードルフは、堅固にして健全なる心を持ち、活気あふるる勇気を有する軍人なれど、残酷なる因果により、また移り気な運命の女神の猛烈にして気まぐれな車輪により、かの盲《めし》いたる女神は

五世』のこの箇所が初めて。これに続く戯曲は『ジュリアス・シーザー』だとされている。『シーザー』を書くために材源のプルタルコス『英雄伝』を読んでいるときに、ここを書いたのだろうか。

＊　ピストルがフルエリンに対して使う二人称は thou (thy, thee)。フルエリンは大尉でピストルは少尉 (lieutenant) なので、目上に対して使う you (your, you) であるべき。

＊1　ローマ神話の運命の女神フォルトゥーナ（ギリシャ神話ではテュケ）は、目隠しをして車輪を回し、人の運命を司る。運命が定まらな

[1]転がり続ける石の上に立ち——

フルエリン　失礼ながら、旗手ピシュトル。運命の女神が目隠しをして盲いた姿で描かれるのは、運命が盲目であるのを示すためじゃ。また車の輪をつかんで描かれるが、しょれは教訓を示すためじゃ。運命は有為《うい》転変《てんぺん》しょのものであり、当てにならず、変わりやすく、千変万化《しぇんぺんばんか》しゅるという教訓じゃ。それに足じゃ、よろしいか、足は球体をなす石に乗っており、しょれがくるくる、くるくると回るのじゃ。じっしゃい、詩人は実に見事に描写しておる。運命の女神の寓意画《ぐういが》は一つの見事な教訓なのじゃ。

ピストル　[2]運命の女神はバードルフの敵だ、あいつに渋い顔を向けている、
　教会の[3]聖像牌《はい》を盗んだだけなのに
　絞首刑にされるんだから！
　絞首台の縄では犬を吊るせ、人間様は自由の身、
　人の喉笛を締めちゃならねえ！
　ところがエクセターは死刑を宣告しやがった、
　二束三文の絵のために。

いことを象徴する球体に乗った姿で描かれる。ただし、画像によっては目隠ししていない場合も、車輪が船の舵の場合も、球体に乗っていない場合もある。フォルジャー・シェイクスピア・ライブラリー版の原文テクストの一六六頁参照。

*2　Fortune is Bardolph's foe, and frowns on him. 当時のポピュラーソングの歌詞の1行目 Fortune my foe, why dost thou frown on me?（我が敵、運命よ、何ゆえ我に渋面を向ける？）の変奏。『ウィンザーの陽気な女房たち』三幕三場でも、フォルスタッフがフォード夫人に向かって言う台詞に別の変奏がある。「運命があんたの敵でなく、あんたに美しさを与えた自然

だから弁じに行ってくれ——公爵はお主《ぬし》の声には耳を貸す——
安物の縄と悪質な非難によって
バードルフの命の綱[*1]を切らんでくれと。頼む、
大尉、やつの命乞いに行ってくれ、この恩はきっと返す。

フルエリン　旗手ピシュトル、君の言いたいことは半ば理解できる。

ピストル　しからば、そいつは喜ばしい。

フルエリン　いや、旗手どの、こいつは断じて喜ばしいことではない。何となれば、よろしいか、たとえしょの男が我輩の兄弟だとしても、我輩は公爵がお心のままに処刑なさることを望むからじゃ。何となれば軍においては規律厳守じゃからな。

ピストル　死んで地獄に堕ちやがれ、お主とは絶交だ！

フルエリン　結構だ。

ピストル　[*2]クソ喰らえ！　（退場）

フルエリン　大変よろしい。

ガワー　いやあ、あれは言語道断のイカサマ野郎だ、いま思い出した——女郎屋のポン引きだ、スリだ。

が味方なら（I see what thou wert if Fortune thy foe were not, Nature thy friend.）ちくま文庫版一〇四～一〇五頁参照。

＊3
pax　キリスト（多くの場合、磔刑像）や聖母マリアの像のついた牌で、ミサの前に聖職者や信徒がそれに接吻した。

＊1
vital thread　運命を司る三姉妹（モイライ）の名は、クロト（紡ぐもの）、ラケシス（運命の図柄を描くもの）、アトロポス（不可避のもの）。三人は、人間の命を織り、死ぬ時に「生命の糸（vital thread）」を切る。ピストルはその神話に彼流の変更を加えている。

＊2

フルエリン　間違いない、あの男は橋のところでしょれはもうまたとない立派な言葉を吐いとった。だが、しょれはよろしい。あの男が我輩に言ったことはよしとしゅるが、断言してもいい、*しかるべき時が来たら目にもの見しえてくれる。

ガワー　いやあ、あれはバカだ、阿呆だ、ゴロツキだ、ときどき戦争についてくるのは、ロンドンに戻ったときに軍服姿で羽振りを利かすためだ。ああいう手合いにかぎって偉い司令官たちの名前を完璧に頭に入れている。そして、どこで戦闘があったかはおろか、どこそこの砦《とりで》で、どこそこの突破口で、どこそこの護衛部隊で、誰が敵の囲みを破って逃げおおせたか、誰がやられたか、誰が面目を失ったか、敵が降伏する際どのような条件を出したか、などを全部そらで言ってみせる。軍隊用語を使って丸暗記し、新たに仕込んだ誓言《せいごん》で飾るのだ。将軍の髭を真似してあご髭を刈り込み、恐ろしげな軍服姿で現れると、泡立つ瓶に囲まれたビール漬けの脳みそどもにとってそれがどんな効果を発揮するか、考えるだけでも驚きだ。しかしいまのご時勢の恥でしかないああいうやからを見抜く力をつけねばならない、さもないととんでもない

The fig of Spain!　ピストルはこのすぐ前の台詞でも ...and fico for thy friendship! と言っているが、fico はイタリア語でイチジクのこと。この語を言うときは拳の人差し指と中指のあいだに親指をはさんだ卑猥な仕草が伴う。彼は『ヘンリー四世』第二部、五幕三場でも When Pistol lies, do this, and fig me,/ Like the bragging Spaniard.（ピストルが嘘ついたら、こうやってイチジク作って／侮辱しろ、スペイン人の大法螺吹きみてえにな）と言っている（ちくま文庫版四二七頁）。いまの英語の Fuck off. とか Up yours. に当たる。

* ...when time is serve.　五

間違いを犯すことになる。

フルエリン　まあ聞いてくれ、ガワー大尉、我輩にもやつが進《しゅしゅ》んで自分の正体を世間《しぇけん》にしゃらけ出す男でないことは分かっとる。今度やつの弱みを握ったらただじゃおかん。

（太鼓の音）

太鼓の音じゃ、王がおいでになる。橋の状況をご報告しぇねば。

鼓手と旗手たちを先頭に、王ヘンリー、グロスター公爵、兵士たち登場。

陛下に神のご加護を！

王　やあ、フルエリン、橋から戻ったのか？

フルエリン　しゃようでごじゃいましゅ。エクシェター公は実に華々しく橋を防御しておられましゅ。フランス軍はいなくなりました、よろしいか、実に華々しい戦闘でありました。いやまったく、しょれまで橋は敵がおしゃえておりましたが、退却をば余儀なくしゃれ、エクシェター公爵が橋の支配者であられます。我輩

幕一場（二〇六〜二〇九頁）でフルエリンがピストルに無理やりポロネギを食べさせるのがその「しかるべき時」か？

が陛下に申し上げられるのは、公爵が実に立派だということでしゅ。
王　失った味方は？
フルエリン　敵の損失は甚大であり、莫大でありましゅ。いやまったく、我輩としましては、公爵は一兵卒《いっぺいそつ》も失わなかったと存じましゅが、教会からものを盗み処刑される者が一名おりまして、名前はバードルフ、陛下もご存じかもしれましぇん。しょの男は顔一面に炎症性の吹き出物、ニキビ、こぶなどができており、まっしゃしく燃え上がる炎、唇が鼻に息を吹きかけましゅと、鼻は燃える石炭《しえきたん》のごとく赤くなったり青くなったりいたしましゅ。あの鼻が処刑しゃれますと、しょの火も消えることになる。
王　そのような犯罪者にはすべてそのような処罰が望ましい。この際はっきり厳命しておく、この国における我が軍の行軍においては、村落から何ひとつ取り立ててはならぬ、金を支払わずして何ひとつ手に入れてはならぬ、フランス人には誰一人として罵詈《ばり》雑言《ぞうごん》を浴びせ侮辱してはならぬ。寛大と残酷とが一王国を賭けて勝負をすれば、優しい前者が必ず勝つ。

ラッパの合図。モントジョイ登場。

モントジョイ この官服[*1]により私が何者かお分かりでしょう。
王 よし、分かる。お前は何を伝えにきた？
モントジョイ 我が主君のお心。
王 それを申せ。
モントジョイ 我がフランス王はこう仰せです、「イングランド王ハリーに言え。余が死んだと見えたとしても、実は眠っていたに過ぎぬ。好機を待つことは軍人にとり軽挙妄動に勝る。彼に告げよ、余はハーフラーにおいて彼を阻止することも可能だったが、吹き出物が膨張しきるまで膿《うみ》は出さずにおくほうがよいと思ったのだ。いまこそ声を上げるきっかけが出た。余の声は絶対である。イングランド王は必ずや己《おのれ》の愚かさを悔い、己の弱さを突きつけられ、これまでの余の忍耐を賞賛するであろう。したがって、彼に命ずるがよい、己の身代金に思いをいたせと。その身代金は、余の被《こうむ》った損失に、余が失った臣下たちに、余が受けた屈辱に見合うものでなくてはならぬ、そのすべてを償うとすれば、弱小な[*2]

*1
You know me by my habit. ここでモントジョイがmy habit（私の衣服）と言っているのはtabard（騎士が鎧の上に着た家紋入りの陣羽織や、伝令官の君主の家紋入りの官服）のこと。

*2
his pettiness　そのまま訳せば「彼の弱小さ」だが、王に呼びかけるときの尊称his majestyを踏まえて揶揄している面もある。つまりhis majestyをそのまま訳せば「彼の偉大さ」になるので、その正反対の語を「尊称もどき」にして皮肉っているわけだ。

る陛下はその重みにつぶされてしまうだろう。余の損失を埋めるには彼の国庫はあまりに貧しく、余の臣下たちの流した血を贖《あがな》うには、彼の王国の全将兵をもってしても数が足りず、余の屈辱を晴らすには、彼がみずから余の足下に跪《ひざまず》いたとしても取るに足らぬ満足しか得られまい。以上の事柄に挑戦を加え、結論としてこう告げるがよい、彼はその臣下を裏切り、そのため彼らは地獄堕ちを宣告されている、と」。以上が我が主君フランス国王のご伝言であり、以上で私の任務は終わります。

王　お前の名前は？　お前の職務は分かっている。

モントジョイ　モントジョイ。

王　お前はお前の務めを立派に果たした。戻って、お前の王に伝えろ、私はいま彼に攻撃をしかける気はない、むしろ邪魔立てされずにカレーまで進軍したいのだ、となら。なぜなら、実を言えば、奸知《かんち》に長《た》け、形勢有利な敵にここまで打ち明けるのは賢明とは言い難いが、私の兵士たちは病気のせいで衰弱しており、

兵員数も減ってしまった、残った少数の兵も
同じ数のフランス兵より優秀だとはとても言えない。
彼らにしても元気だったときは、よいか、伝令官、私は、
イングランド兵の一対の脚《あし》は三人のフランス兵に
匹敵すると思っていた。いや、神よ、このような自慢を
許したまえ！　フランスの空気がこの悪徳を
私に吹き込んだのだ。悔い改めねば。
そういう訳だから、戻ってお前の主君に私はここに居ると伝え
ろ。
私の身代金はこの脆《もろ》く何の価値もない体、
私の軍隊は病気で弱った衛兵のみだ。
だが神のお導きがある、彼にこうも言え、たとえ
フランス王自身と彼に劣らぬ強大な隣国が
私の行く手に立ちはだかろうと、我らは
進軍する。ご苦労だったな、これを、モントジョイ。（財布を渡す）
さあ行け、お前の主君に考え直せと言うのだ。

余は通れるなら通る。阻止されれば
お前たちの黄褐色の大地をお前たちの真紅の血で
染めかえるだろう。では、モントジョイ、さらばだ。
余の返事を要約すればこうなる。
我が軍の現状はこうだから、攻撃には出たくない、
また、現状がこうでも、戦いを避ける気はない。
お前の主君にそう伝えなさい。
モントジョイ　そのように伝えます。陛下に感謝いたします。
（退場）
グロスター　今すぐ攻めてこないといいのですが。
王　我々は神の御手《みて》にあるのだ、弟よ、彼らの手中にあるのではない。
橋に向かって進軍だ。――そろそろ夜になる。
今夜は川の向こうで野営しよう、
明日は朝早くカレーに向かって出発だ。
（一同退場）

第七場　アジンコート近くのフランス軍陣営

フランス軍司令官、ランビュアズ卿、オルレアン公爵、皇太子[*1]その他登場。

軍司令官　ちぇっ、俺の甲冑は世界一だというのに。早く夜が明けないかなあ。

オルレアン　あなたの甲冑は素晴らしい、だが私の馬も褒めてくれ。

軍司令官　ヨーロッパ一の名馬です。

オルレアン　朝は永遠に来ないのか？

皇太子　[*2]オルレアン公爵殿、軍司令官殿、お二人は馬と甲冑の話をしておいでか？

オルレアン　殿下は両方とも世界のどの王侯にも負けぬものをお持ちです。

＊1
Fでは皇太子だが、Qではブルボン公爵。ニュー・ケンブリッジ版、オックスフォード版はQのト書きを踏襲している。

＊2
皇太子はMy lord of Orléans and my lord High Constableと呼びかけている。この場でいちばん身分が高いのは皇太子。彼の慇懃無礼が感じられる。

＊1
He bounds from the earth as if his entrails were hairs. 直訳すれば「彼は大地からバウンドする、あたかも内臓が毛髪であるかのように」となり、as if以下は様々に解釈されてきた。①「毛髪」は軽いものの代表なので軽やかに弾む、

皇太子　何と長い夜なんだ、今夜は！　私は、四本足で地面を踏むだけの馬に用はない。ああ！　あいつはテニスボール[1]のように弾むのだ――宙を飛ぶ馬――鼻から火を噴く天馬ペガサス[2]だ！　あいつに跨《またが》ると、私は飛翔する、私は鷹だ。あいつは風に乗って馳《か》ける。あの蹄《ひづめ》が触れると大地は歌う。その蹄のたてる最も低い音でさえヘルメスの笛よりも妙《たえ》なる調べだ。

オルレアン　色は栗毛[3]ですね。

皇太子　気性は栗がはぜるように[4]激しい。ペルセウスの愛馬ペガサスだ。あいつは地水火風の四元素のうち澄み切った風と火で出来ている。土や水といった鈍重な要素は皆無だ。ただし乗り手の騎乗をおとなしくじっと待つあいだは別だがな。あれこそまさしく駿馬《しゅんめ》だ、ほかのはみんな駄馬だ、ただの獣《けもの》と呼ぶしかない。

軍司令官　まさしく、殿下、完璧な名馬です。

皇太子　あれは乗用馬の王者だ、いななきは君主の下す命令さながら、姿かたちには威厳があり敬意を表《ひょう》さずにいられない。

オルレアン　もうその辺でいいだろう、従弟よ。

皇太子　いや、揚げひばりがさえずり出す早朝から羊が眠る晩方

②当時のテニスボールには毛髪を詰めたので、「テニスボール」のように弾む、③hairsを同音のhares（ウサギ）と読み、「内臓代わりにウサギが詰まっているので」弾む。③はイメージとしてどうも……。

＊2
Pegasus　ギリシャ神話の翼を持つ馬。ペルセウスに倒されたメドゥーサの頸または血から生まれたとされる。詩神ミューズの乗馬。

＊3
原文ではthe colour of the nutmeg（ナツメグ色）。ナツメグ色とは灰色がかった茶色、馬の毛色では鹿毛（かげ）のほうが近いが、一般に分かり易いように栗毛とした。

＊4
原文はAnd of the heat of

まで、手を替え品を替え私のあの馬にふさわしい褒め言葉を思いつかぬやつは、脳足りんだ。あいつには詩の主題として海原《うなばら》のように無限の豊かさがある。浜辺の砂の一粒一粒を舌に変えれば、それでようやくあいつの素晴らしさを語りつくせる。君主が論ずるに足る話題だ、君主の君主が乗るにふさわしい馬だ。世界中の、我々がよく知る人も知らぬ人も、それぞれの務めを忘れ、あいつを賛嘆すべきなのだ。私はかつてあいつを讃えるソネットを書いた。出だしはこうだ、「大自然の生み出す奇跡!」

オルレアン　そんなふうに始まるソネットを聞いたことがある、恋人に捧げたものだが。

皇太子　ならば私が愛馬に捧げた詩を真似たのだろう、私の馬は私の恋人なのだから。

オルレアン　殿下の恋人は乗せるのがうまい。

皇太子　私を乗せるのはな。それこそ、この人ひと筋という良い恋人への最高の賛辞だ。

軍司令官　いや、昨日殿下の恋人はじゃじゃ馬らしく殿下の腰を揺さぶったようですが。

the ginger.「生姜の熱さを持っている」と食べ物つながり。栗つながりに変換した。

＊1
Mine was not bridled. 自分の恋人は馬ではなく人間の女だった、ということ。また、じゃじゃ馬ではなく頭絡なしで乗れるほどの大人しい馬、とも読める。

＊2
I had as lief have my mistress a jade.「乗り尽くされた牝馬」と訳したjadeには「疲れた老いぼれ馬、駄馬、やくざ馬」という意味と「娼婦、ガミガミ女」という意味がある。

＊3
My mistress wears his own hair. 直訳すれば「私の恋人は彼自身の毛をまとっている」。「禿げ頭にかつ

皇太子　恐らくあなたの恋人もそうだった。

軍司令官　[*1]私のは手綱も頭絡《とうらく》もいらないタイプで。

皇太子　おお、ならばもうばあさんで大人しくなったのだな。で、あなたはアイルランドの百姓みたいな乗り方をした。フランス式のたっぷりとしたズボンを脱ぎ捨て、毛ずねをむきだしにして。

軍司令官　殿下は馬術にかけては優れた判断力をお持ちだ。

皇太子　ならば私の警告を聞け。あなたのような乗り方をする者は、用心しないと落っこちて泥沼にはまりこむ。私はあの馬を恋人にしているほうが[*2]ずっといい。

軍司令官　私は、恋人にするならむしろ乗り尽くされた牝馬《ひんば》のほうがいい。

皇太子　軍司令官、禿げ頭[*3]にかつらを載せたあなたの恋人とは違って、私のには自前《じまえ》の毛がある。

軍司令官　そんな自慢なら豚が恋人でもできるでしょう。

皇太子　[*4]「犬は、自分の吐いた物のところへ戻ってくるし、豚は、体を洗って、また、泥の中を転げ回る」か。[*5]あんたは何でも利用するんだな。

らを載せたあなたの恋人とは違って」の部分は内容を分かり易くするために付け加えた。軍司令官の恋人は梅毒にかかって髪の毛が抜け、かつらをかぶっているが、私の恋人は馬（ちなみに牡）だからちゃんと毛がある、と皇太子は皮肉っている。

＊4
新約聖書「ペトロの手紙2」第二章第二十二節「犬は、自分の吐いた物のところへ戻ってくる」「豚は、体を洗って、また、泥の中を転げ回る」。

＊5
これまで皇太子は軍司令官に対して丁寧な二人称単数のyouを使っていたが、ここは上から目線のthouを使っている。よほど腹が立ったのか。

軍司令官　しかし、自分の馬を恋人として利用はしないし、的外れな格言も利用しません。
ランビュアズ　軍司令官、ゆうべあなたのテントで兜《かぶと》を見たが、あれについている飾りは星か、それとも太陽か？
軍司令官　星です。
皇太子　そのうち幾つかは明日落ちると思うね。
軍司令官　それでも空に輝く私の名誉の星は減りません。
皇太子　そうかもしれない、あなたの飾りには余分な星が多すぎる、少し減ったほうが名誉だろう。
軍司令官　殿下の馬への褒め言葉と同じです。ご自慢を少しばかり背から下ろしてやっても、走り方に変わりはないでしょう。
皇太子　あいつにふさわしい褒め言葉を背負わせてやれないのが残念だ！　朝は永遠に来ないのか？　明日は一マイル馬を飛ばし、私が通り過ぎたところにイングランド兵の顔を敷き詰めてやる。
軍司令官　私はそんなことは言いません、空威張《からいば》りで顔を潰したくありませんから。だが早く朝になればいいとは思います。イングランド兵の耳元を殴りたくてたまらないので。

ランビュアズ　誰か私とサイコロ勝負をしないか、勝ったほうは捕虜二十名分の身代金を取る。

軍司令官　その前にご自分が捕虜になる危険がある。

皇太子　もう真夜中だ、武装してこよう。（退場）

オルレアン　皇太子は朝が待ちきれないのだ。

ランビュアズ　イングランド兵を食べるのが待ちきれない。

軍司令官　殺したら食べるだろう、一人でも殺せればの話だが。

オルレアン　我が愛しの君の白い手にかけて言うが、殿下は実に勇ましい。

軍司令官　その方の足にかけなさい、そんな誓いなど足蹴にしてくれるでしょう。

オルレアン　殿下は要するにフランス一活動的な紳士なのだ。

軍司令官　活動とはすなわちやるということだ、確かに殿下は常に何かやっている。

オルレアン　だが私の知る限り、人に危害を加えたことは一度もない。

軍司令官　明日も誰にも危害を加えず、その美名をいつまでも維持なさるだろう。

オルレアン　殿下が勇敢なことは私がよく知っている。

軍司令官　私もそう聞かされた、あなた以上に殿下のことを知っている人物から。

オルレアン　何者だ、それは？

軍司令官　何者も何も、殿下ご自身からだ、このことは誰に知られようとかまわないとも言っておられた。

オルレアン　かまう必要がない、世に隠れもない殿下の美質なのだから。

軍司令官　いや実を言えば、世に隠れている。何しろ殿下に殴られてばかりいる下僕しかそれを見たことがないのだから。*隠れた勇気は表に出れば消えて無くなる。

オルレアン　「悪意に善意の言葉なし」だな。

軍司令官　その諺《ことわざ》の上を行くには、「親しき仲にもお世辞あり」。

オルレアン　では受けて立って、「悪魔にも三分の理」。

軍司令官　お見事、あなたの親しき皇太子は悪魔ということか。ではその諺に目潰しをかけて、「悪魔め、疫病にとっつかれろ」。

＊ 'Tis a hooded valour, and when it appears it will bate.「勇気（valour）」を鷹狩りの鷹になぞらえている。訓練中の鷹は目隠しされる（hooded）。目隠しを外すと、鷹はバタバタ羽ばたき（bate）、勇気は減退する（bate）。

オルレアン 諺合戦ではあなたが一枚上手だ、昔から「馬鹿の弓[*1]矢は早くて候《そうろう》」と言うだけあって。

軍司令官 皇太子を褒めるあなたの矢は的を外しましたね。

オルレアン あなたが射抜かれたのはこれが初めてではない。

伝令登場。

伝令 軍司令官閣下、イングランド軍は閣下のテントから千五百歩の地点に野営しております。

軍司令官 その距離を測ったのは誰だ?

伝令 グランプレ[*2]卿です。

軍司令官 勇敢で熟練した軍人だ。 (伝令退場)

早く夜が明けぬものか! ああ、哀れなイングランドのハリー! 我々ほど夜明けを待ち焦がれてはいないだろう。

オルレアン このイングランド王は何と惨めで愚かな男なのだ、頭の足りない連中を引き連れて、こんな見ず知らずのところまで

*1 A fool's bolt is soon shot. 直訳すれば「馬鹿は的に狙いをつける前に弓を発射する」だが、「早漏」という意味がこもる。

*2 Lord Grandpré グランプレはパリの北西一二〇マイルにある村。この人物は四幕二場(一五七頁)に登場し、皇太子らに出撃を促す。

やって来てうろついているのだから。

軍司令官　イングランド人に知恵のひとかけらでもあれば、さっさと逃げ帰っているでしょう。

オルレアン　その知恵がないのだ、彼らの頭が知的な甲冑をまとっていれば、わざわざあんな重い兜をのっける必要はないからな。

ランビュアズ　だがあの島国には非常に獰猛《どうもう》な動物が生まれます。イングランド産のマスティフ犬の勇敢さには並ぶものがありません。

オルレアン　馬鹿な駄犬さ、ロシアの熊*の口の中に目をつぶって突進し、頭を腐ったリンゴみたいにぐしゃっと嚙み砕かれるんだから。あれを褒めるなら、ライオンの唇の上で朝食をとるノミが勇敢だと言いたまえ。

軍司令官　まさに、まさに。イングランド兵はマスティフ犬そっくりだ、知恵を女房と一緒に国に残し、大暴れでがむしゃらに突っかかってくる。やつらに牛肉と鉄と鋼《はがね》の大ご馳走をくれてやれば、オオカミのように貪り食い、悪魔のように戦うでしょう。

オルレアン　そうだ、ところが連中のところでは悲惨なほど牛肉

＊　シェイクスピアの時代に人気のあった見世物、熊いじめ（bear-baiting）のイメージ。円形競技場の中央に立てた杭に鎖で熊をつなぎ、獰猛なマスティフ犬の群れをけしかけて闘わせる。

が不足している。

軍司令官　だから明日になれば分かります、やつらにあるのは食い気ばかり、腹は鳴るが腕は鳴らないことが。さあ、もう武装する時刻だ、甲冑をつけようか？

オルレアン　いまは二時だ、ということは、十時までに片がつくだろう、みな一人で百人のイングランド兵を捕虜にしているだろう。

（一同退場）

第四幕

コーラス登場。

コーラス　さあ、ご想像ください、いまこの時
忍び寄るつぶやきと、人々がじっと目をこらす暗闇が
宇宙という広大無辺な器《うつわ》を満たしています。
陣営から陣営へ、よごれた夜の胎《はら》を通して、
対峙《たいじ》する二つの軍のざわめきが静かにたゆたい、
持ち場に立つ歩哨《ほしょう》の耳に敵の歩哨の
密《ひそ》かなささやきが届くほどです。
かがり火はかがり火に応《こた》え、淡い炎を透かして
双方の目に敵兵の琥珀《こはく》色に陰る顔が映ります。
軍馬は軍馬を威嚇し、我こそはと高らかにいないて

まどろむ夜の耳をつんざきます。テントから
聞こえるのは武具師たちのせわしない槌《つち》音、
騎士団の武装を整えるため鎧兜《よろいかぶと》に鋲《びょう》を打つその音は、
恐ろしい戦いへの覚悟を促《うなが》します。
農家のおんどりが時をつくり、時計が鳴り、
眠りの去らぬ朝の三時になったことを知らせます。
兵力の大きさを誇り、強い自負心を胸に、自信満々、
元気潑剌《はつらつ》たるフランス兵は、イングランド軍を
あなどって、捕らえてもいない捕虜*を賭けてダイスを振る。
そして遅々たる歩みの夜を叱りつけるのです、
夜はまるで醜悪な魔女、萎《な》えた足を引きずり
朝の到来を遅らせる。死を印された哀れなイングランド兵は
祭壇の生け贄《にえ》のように、夜通しじっとかがり火の
傍らに坐り、翌朝の危険を心の中で
繰り返し思い描きます。その鬱《ふさ》ぎこんだ様子は
痩せこけた頬や戦いにすり切れた外套と相まって、
下界を見据える月の光のもと、一人一人が恐ろしい

＊ ホリンシェッドに…and the (French) soldiers the night before had plaied the English men at dice.「その前夜（フランス）兵士たちはイングランド兵を賭けてダイスを振った」とある。

亡霊と見まごうばかり。ああ、いまこの崩壊寸前の軍隊で陣頭指揮を執《と》る国王が、歩哨から歩哨へ、テントからテントへと巡察なさる、そのお姿を見る者は誰であれ「神よ、この王の頭上に称賛と栄光を！」と叫ぶだろう。なぜなら王は部下の将兵のもとを隈《くま》なく訪れ、穏やかな微笑を浮かべて「おはよう」と挨拶し、兄弟、友人、同胞と呼びかけるからです。

その尊いお顔には、敵の恐ろしい包囲をうかがわせる気配は露ほどもありません。また、王はひと晩中一睡もせず疲労の極みにありながら、ひと刷毛《はけ》ほどの血色も犠牲になっておらず、生気にあふれ、明るいご様子と優しさのこもる威厳によって憔悴《しょうすい》を押さえ込んでおいでです。兵士たちはそれまでやつれ蒼ざめていたのですが、眼前の王のお姿が勇気と元気の源になる。物惜しみせぬ王の目は太陽のように気前良く、暖かな恩寵をすべての兵士らに与え、

凍《い》てつく恐怖を溶かし、身分の上下を問わず
すべての者が、各々の力量に応じて
その晩の国王ハリーの一端をかいま見るのです。
次いで場面は戦場へ飛んで行かねばなりません、
ですが、悲しいかな、戦場とは名ばかりで、なまくらの
剣を四、五本ほど、愚にもつかぬ諍《いさか》いで
もたもたと不器用に振り回し、アジンコートの名を
辱《はずかし》めることになりましょう。とは言え今しばらくお席にて、
真似ごとの戦《いく》さを手がかりに本物の戦場をご想像ください。
（退場）

第一場　アジンコートのイングランド軍陣営

王とグロスター登場、ベッドフォードと出会う。

王　グロスター、確かに私たちは大きな危機に瀕《ひん》している。
だからこそより大きな勇気を奮《ふる》い起こさねばならない。
おはよう、弟ベッドフォード。ああ、全能なる神よ！
邪悪なものの中にも何かしら善いものがふくまれている、
注意深くそれを抽出しさえすればいいのだ。
たとえば私たちは悪い隣人のおかげでこうして早起きする、
そのおかげで健康になり、時間やものが節約できる。
おまけに彼らは私たちの心の外にある良心であり、
みんなの説教師でもあって、最後の時を迎える
準備をきちんとしておけと諭《さと》している。
こうして私たちは雑草から蜜を集め

悪魔自身から教訓を引き出すのだ。

*アーピンガム登場。

おはよう、老練なサー・トマス・アーピンガム。
その上等な白髪頭《しらがあたま》にはフランスの硬い草地より
柔らかで上等な枕のほうがよかったな。

アーピンガム　いえ、陛下、この寝床のほうが気に入っておりま
す、
これで「王のように寝る」と言えますからな。

王　手本を見ならって、いま自分を襲う辛さを愛するのは
よいことだ。そうすれば精神は安らぎを得る。
心に活を入れれば、間違いなく、
それまで死んだようにだらけていた四肢五体は、
まどろみという墓石《ぼせき》を打ち破り、脱皮した蛇のように
気力も新たに生き生きと動き出すのだ。
君のマントを貸してくれ、サー・トマス。弟たち、

* Sir Thomas Erpingham（一三五七〜一四二八）王はoldという形容詞をつけて呼びかけているが、この時点で五十八歳。ホリンシェッドにはイングランド軍の弓部隊の司令官と記されている。

我が軍の陣営の貴族諸卿を訪ね、私に代わって
朝の挨拶を告げ、ただちに
私のテントに集まるよう言ってくれ。

グロスター かしこまりました、陛下。

アーピンガム 私はおそばにおりましょうか？

王 いや、我がサー・トマス[*1]、
弟たちと共にイングランドの貴族たちを訪ねてくれ。
私はしばらく自分自身と論じ合わねばならない、
だからほかの誰とも一緒にいたくないのだ。

アーピンガム 天なる主《しゅ》が陛下に祝福をたまわりますよう、高貴なハリー！

王 ありがとう、老練な友よ、嬉しい言葉だ。

（王を残して一同退場）

ピストル登場。

ピストル 誰だ[*2]？

＊1
こう訳したが、原文はmy good knight「我が良き勲爵士」。特別の親しみを込めたことが分かる。

＊2
Che vous là? フランス語の誰何の言葉Qui va là?（英語でWho goes there?）のピストル流。このような状況で敵性語を使うのは変であり、笑えるのだが、残念ながら翻訳ではその面白さは出ない。

王　味方だ。
ピストル　身分を明らかにせよ、お前は将校か、
　はたまた卑しい一般庶民であるか？
王　紳士階級の志願兵です。
ピストル　大槍を担《にな》う歩兵だな。
王　そうです。あなたは？[*1]
ピストル　神聖ローマ帝国の皇帝にも劣らぬ身分高き者だ。
王　では我らの王より上ですね。
ピストル　我らの王はいいやつだ、黄金の心の持ち主で、
　活気に満ちた若者で、名声の申し子だ、
　毛並みはいい、腕っ節は強い。
　俺はあいつの泥だらけの靴にでもキスするね、心から
　可愛いと思えるいいやつだ。お前の名前は？
王　ハリー・ルロイ。[*2]
ピストル　ル・ロイ？　コーンウォールの名前だな、お前コーン
　ウォールの一味か？[*3]
王　いいえ、私はウェールズ人です。

＊1
What are you?　王はピストルに対して丁寧な二人称you（your, you）を使うが、ピストルは王とは知らずに上から目線でthou（thy, thee）を使っている。

＊2
Harry le Roy　フランス語のle roi（ル・ロワ＝国王）を英語読みしたもの。「王ハリー」とフランス語で言ったわけだ。

＊3
ヘンリーはウェールズのモンマス（Monmouth）生まれ。

ピストル　じゃあフルエリンを知ってるか？
王　はい。
ピストル　やつに言っておけ、聖デヴィッドの祭日がきたら
やつがドタマにくっつけたポロネギ[*1]をぶっ叩いてやると。
王　その日には、あなたも帽子に短剣など付けておかぬことだ、
短剣ごとぶっ叩かれるといけないから。
ピストル　お前はやつの友だちか？
王　身内でもあります。
ピストル　じゃあ[*2]貴様も糞食らえ！
王　ありがとう。ご機嫌よう！
ピストル　俺の名前はピストルだ。　（退場）
王　物騒なあなたにぴったりの名だ。
フルエリンとガワー登場。
ガワー　フルエリン大尉！
フルエリン　いかにも！　だがイエシュ・キリシュトの御名《みな》にか

＊1
leek　リーク、和名はセイヨウネギ。日本のネギより太くてずんぐりしているポロネギ。リークはウェールズの国章だった。六世紀にウェールズのブリトン人がサクソン人を迎え撃ったとき、守護聖人の聖デヴィッドが味方の目印として彼らの帽子にリークを付けさせたのが起源とされる。聖デヴィッドの祭日はその命日の三月一日。この日、ウェールズ人は帽子にリークを付ける習慣がある。
＊2
The *fico* for thee then! 直訳すれば「じゃあお前にイチジク食らわす！」。ピストルは三幕六場でもフルエリンに対して fico を使っている（一一二頁の脚注参照）。

けて、多弁[*1]を弄《ろう》さんでくれ。全世界における最大の唖然呆然事《あじえんぼうじえんじ》はだな、古来の真《まこと》の兵法が守られておらんことだ。労を厭《いと》わず大ポンペイ[*2]の兵法をいしゃしゃかなりと研究しゅれば、ポンペイの陣営においてはべちゃべちゃくちゃくちゃの類《たぐい》はまったく無かった、請け合ってもよい。戦しゃの作法《しゃほう》、しょの責任《しぇきにん》、しょの態度、しょの規律、しょの節度《しぇつど》など、まったく違っておったことがお分かりじゃろう、請け合ってもよい。

ガワー　だが、敵方もやかましいぞ。一晩中聞こえているではないか。

フルエリン　敵が馬鹿で阿呆でおしゃべりなトンマなら、よろしいか、我々もまた馬鹿で阿呆でおしゃべりなトンマでなくてはならんと思うのか、貴君の良心に照らしていかがかな？

ガワー　では小声で話そう。

フルエリン　頼む、お願い申す、是非《じぇひ》ともしょうしてくれ。

（ガワーと共に退場）

王　一風変わったところがあるが、
あのウェールズ人には相当な責任感と勇気が備わっている。

＊1
… speak fewer. …　Fにはこうある。Qではspeak lower（もっと小声で話せ）だが、多弁なフルエリンがfewerと命じるところが滑稽。しかもすぐあとで「べちゃべちゃくちゃくちゃ」喋ることを非難しているのだから、ここはfewerがふさわしかろう。

＊2
Pompey the Great　古代ローマの将軍・政治家グナエウス・ポンペイウス（B.C.一〇六～B.C.四八）。大ポンペイが率いる元老院派とユリウス・カエサル（ジュリアス・シーザー）派とがB.C.四八年に戦ったファルサロスの戦いの前の大ポンペイ陣営は軍規の乱れで悪名高かったそうだ。

三人の兵士、ジョン・ベイツ、アレグザンダー・コート、マイケル・ウィリアムズ登場。

コート なあ兄弟ジョン・ベイツ、向こうの空が白んできたが、そろそろ朝じゃないか？

ベイツ らしいな、だが俺たちにゃ夜明けを待ち焦がれる理由はひとつもない。

ウィリアムズ 今日の始まりはあそこに見えても、終わりは見られっこない。誰だ？

王 味方。

ウィリアムズ 君の隊長は誰だ？

王 サー・トマス・アーピンガム。

ウィリアムズ 老練の名指揮官で、思いやりのある紳士だ。サー・トマスが我が軍の状況をどう思っているのか聞かせてくれないか。

王 浅瀬に乗り上げた難破船の乗組員同様、次の大波で押し流されるだろうと。
ベイツ　サー・トマスは王にそう申し上げていないのか？
王　いない、それに申し上げるべきでもない。ここだけの話だが、王だって一人の人間に過ぎない、私と同じだ。スミレは王にも俺にも同じ匂いがする。大空は王にも私にも同じに見える。王の五感にしても人並みの働きしかしない。国王という飾りを取っぱらって裸になれば、見たところはただの人間だ。王の野心は私たちの野心より高く舞い上がるとしても、降りるとなれば、私たちと同じ翼で降りてくる。だから、王だって、私たちと同じように怖がる理由があれば、間違いなく私たちと同じ怖さを味わうのだ。だがな、誰ひとり王を怖気《おじけ》づかせてはならない、王がそんな様子を見せれば全軍の士気が落ちるからな。
ベイツ　王がどんな勇気を見せつけようと勝手だが、いくら王だってこんな寒い晩には、テムズ川に首までつかってもロンドンに居たいに決まってら。王には是非そうしてもらいたいね。こっから抜け出せるなら、結果がどうであれ俺たちも王と一緒に居たいから。

王　私の真実に誓って、王の気持ちを代弁しよう。私が思うに、王はいま居るところ以外のどこにも居たいと思ってない。

ベイツ　だったらここに一人きりで居て捕虜になってほしいね。どうせ身代金払って生きて帰れるんだし、それで大勢の哀れな兵隊の命が助かるんだから。

王　君は王一人きりでここに居てほしいと言ったが、口ほどには王を嫌ってはいないのだろう、他人《ひと》が何を考えてるかを探るために言っただけだよな。私は王のそばで死ねたら本望だ、王には大義名分があるし、これは天下に恥じない戦いなのだから。

ウィリアムズ　俺たちの知ったことか。

ベイツ　そうとも、それに知ろうとしなくたっていい。俺たちが王の臣下だってことを知ってりゃそれで十分だ。仮に王に大義名分がなくたって、王に服従してりゃ、俺たちの罪は消えてなくなる。

ウィリアムズ　だがな、立派な大義名分がないとなりゃ、王にだって重いつけが回るぞ、戦争でちょん切られた腕だの足だのが、最後の審判の日に一斉《いっせい》に集まってきて、「俺たちはどこそこで戦死した」と叫ぶだろう。あるものは悪態をつき、あるものは医者を呼んでくれとがなり、あるものは故郷《くに》に残してきた哀れな女房のことを、あるものは借金のことを、あるものは孤児にしちまった年端《としは》もゆかぬ子供のことをわめき散らすだろう。残念ながら、戦争で死ぬやつはろくな死に方をしない、だって、戦争の目的は殺し合いだ、人にキリスト教徒らしい慈悲をかけられるやつが一人でもいるか？　そういう連中が懺悔《ざんげ》もせずに死んだとなると、王にとっては真っ黒な罪だ、なんせ連中をそこまで引っ張ってったのは王だし、王に逆らうのは臣下の義務に反することだからな。

王　となると、父親の言いつけで商取引に出た息子が、海難事故で懺悔のいとまもなく死んだ場合、息子の罪の責任は、君の論法でゆくと、息子を送り出した父親にあることになる。あるいは、主人の命令で金を運んでいた使用人が、途中で盗賊に襲われ、やはり罪にまみれたまま死んだ場合、使用人を堕地獄に追い込んだ張本人は主人に言いつけられた仕事だと言うのだな。しかし、それは違う。王は兵士一人ひとりの最期に責任はないし、父親は息子の最期に、主人は使用人の最期に責任はない。なぜなら指示や命令を出した者が意図したのは、指示に従った者の死ではないのだから。そのうえ、王が染みひとつない大義名分を掲げているとしても、実際に剣を交える段になれば、染みひとつない兵士だけをそろえて戦い抜ける王などひとりもいない。ある者は恐らく、念入りに計画された殺人の罪を犯しただろうし、ある者は偽りの愛の誓いを立てて処女を欺くという罪を犯した、また、略奪や強盗によって平和の柔らかな胸を血まみれにしておきながら、戦争を砦《とりで》として罰から身を隠す者もいるだろう。そういう連中は、法の網をかいくぐり、本国での罰を免《まぬが》れたかもしれないが、たとえ人の目から逃《のが》れられても、神から逃げる翼は持っていない。戦争は彼らを鞭打つ神の警官、戦争は神の復讐なのだ。つまりかつて王の法律を破った罰を、いま王の戦争で受ける。死刑を恐れるところで命拾いし、安全を求めるところで命を落とすわけだ。したがって彼らが懺悔もせずに死んだとしても、その魂が地獄に堕ちた責任は王のものではない。いま彼らが罰せられるのはかつての罪のせいであり、それに対しては王に責任がないのと同じだ。一人ひとりすべての臣下の尽くす義務は王のものだが、すべての臣下の魂は臣下自身のものだ。したがって従軍したすべての兵士は、病床にあるすべての病人と同じく、自分の良心のすべてのよごれを洗い落としておかねばならない。そのように死ねば、死*はその男の為になる。死ななくとも、心の準備を得るために費やされた時間は祝福される。また、命拾いした者はこう考えるだろう、その日を生き延びることを神がお許しになったのは、罪を懺悔しすべてを神に委《ゆだ》ねたからで、その目的は神の偉大さを明らかにし、いかにして死にそなえるべきかを世の人々に知らしめることだと、そう考えても罪ではない。

ウィリアムズ　確かにそうだ、罪にまみれたまま非業《ひごう》の死を遂げるやつはみんな、罪を自分でかぶらなきゃならん。王に責任はない。

ベイツ　俺は王に責任とって欲しいとは思わん。それでも王のために精いっぱい戦うと決めた。

王　私はこの耳で聞いたのだが、王は捕虜になって身代金を払うつもりはないそうだ。

ウィリアムズ　そりゃあ、そう言っただろうさ、俺たちに意気

＊ … death is to him advantage: 新約聖書「フィリピの信徒への手紙」第一章第二一節 For Christ is to me life, and death is to me advantage.（わたしにとって生きるとはキリストであり、死ぬことは利益なのです。）

揚々と戦わせるためだ。だが、俺たちの喉が掻っ切られたら、身代金を払って自由の身になるかもしれん。俺たちには知りようがない。

王 私が生き延びてそんな場面を見たら、王の言葉は二度と信じない。

ウィリアムズ じゃあ、王にお仕置きしてやれ！ どうせ豆鉄砲から飛び出す虚仮威《こけおど》し、哀れな一兵卒が一国の君主に向かって言える苦情なんてそんなもんだ。孔雀の羽根であおいで太陽を凍らせようとするほうがまだましだ。王の言葉は二度と信じないだと！ へん、バカも休み休み言え。

王 君の非難はきつすぎる。時と場合が許せばただじゃおかない。

ウィリアムズ いずれ二人で決着をつけよう、あんたが生き延びればの話だが。

王 受けて立とう。

ウィリアムズ 今度会った時、お前を見分けるにはどうすればいい？*

王 何か目印になるものをよこせ、俺の帽子につけておこう。お

＊ 王はこの行以前はウィリアムズに対して丁寧な二人称 you (your, you) を使っていたが、ここからは「俺・お前」関係の thou (thy, thee) を使う。ここの「帽子」の原文は bonnet (鍔

前がそれを自分のものだと認めれば、俺は挑戦を受ける。
ウィリアムズ　そら、俺の手袋だ。お前のをよこせ。
王　さあ、取れ。
ウィリアムズ　俺も帽子につけておく。明日の戦いのあと、お前が俺のところへ来て、「これは俺の手袋だ」と言ってみろ、この手にかけて、お前の耳元をぶん殴ってやる。
王　俺が生き延びてその手袋を見つけたら、必ず挑戦する。
ウィリアムズ　進んで絞め殺されるようなもんだぜ。
王　いや、必ずやってやる、たとえお前が王の側《そば》に付き従っていても。
ウィリアムズ　その言葉、忘れるな。あばよ。
ベイツ　喧嘩はよせ、馬鹿、イングランド人同士だろ、仲良くしろ！　喧嘩相手はフランス人だけで沢山だ、そんな勘定もできないのか。
王　まったくだ、*フランス兵ならクラウン金貨二十対一の割で我々を打ち負かすほうに賭けるところだ。向こうとこっちにはそれだけの頭数《あたまかず》の違いがあるからな。金貨の縁を削り取るのはイン

つき）で、他の場合はポロネギだろうが手袋だろうが付けるのは一般兵士のかぶるcap（鍔なし）。

* The French may lay twenty French crowns to one they will beat us, for they bear them on their shoulders, but it is no English treason to cut French crowns. ここのFrench crownsには三つの意味が重なっている。①フランスのクラウン金貨、②フランス兵の頭、③梅毒のせいで禿げたフランス人の頭。なお、アジンコートの戦いにおける仏英の兵力の差は二十対一だったという。また、金貨の縁を削り取るのはイングランドでは叛逆罪だった。

グランドでは叛逆罪だが、梅毒で禿げたフランス兵の頭を切り落としても罪にはならない。明日は王自身が切り落とし役を務めるだろう。

（兵士たち退場）

王の責任か！「俺たちの命も、魂も、借財も、俺たちの身を案じる妻も、子供も、罪も、王の責任にしてしまえ！」か。王たる者はすべてを背負わねばならない。ああ、厳しい立場、偉大な地位と同時に生まれた双子の兄弟だ。己《おのれ》の痛みしか感じられない馬鹿どもの不平不満にいちいち付き合うのか！　王は、庶民が心ゆくまで味わっている無限の心の安らぎを、どれほど捨てねばならないのか！それに、庶民が持たず王が持っているものは何だ、儀礼だけ、公《おおやけ》の壮麗な儀礼だけではないか？その儀礼という偶像よ、お前はいったい何者だ？お前はどういう神なのだ、神のくせに、お前を崇める人間よりもこの世の苦しみを多く舐《な》めているとは？

お前の財産はどれくらいだ、お前の収入はいくらだ？
ああ、儀礼よ、せめてお前の価値だけでも教えてくれ！
お前への崇拝の本質は、ああ、いったい何だ？
お前は、人々の心に畏怖と恐怖を生む高い地位、
階級、格式にすぎないだろう、
となると恐れられているお前は、お前を恐れる
者たちよりずっと不幸だな？
お前がいつも飲むのは、甘美な敬愛ではなく、
毒を盛った追従《ついしょう》だろう？　ああ、偉大な上にも偉大なる者よ、
病気になって、お前の儀礼とやらに治療させてみろ！
お前に媚びへつらう者たちの追従の扇にあおがれて
火のような熱が下がると思うのか？
乞食に膝を曲げてお辞儀をしろと命じるついでに、
その膝の元気をよこせと命じることができるか？　いや、でき
ない、
儀礼という見栄っぱりな幻よ、お前は王の安らぎを巧みに弄《もてあそ》ぶ、
俺は王だが、お前の本性《ほんしょう》は見抜いている。俺は知っているぞ、

王の安らぎは戴冠式で塗られる聖油でもなければ王笏《おうしやく》でも王玉
でもない、
剣でも、職杖《しよくじよう》でも、王冠でも、
黄金と真珠を織り込んだ礼服でもなく、
王の名の前に長々と連なる尊称でも、
王が坐る玉座でも、この世の高い岸壁に
打ち寄せる栄耀栄華の高波でもない、
そうとも、これらをすべて合わせても、絢爛《けんらん》豪華な儀礼よ、
これらをすべて合わせて堂々たるベッドに敷き詰めても、
王は安眠できない、惨めな奴隷のほうがよほど熟睡できる、
重労働で得た粗末なパンを腹に詰め込み、心を空《から》にして、
五体を満足させて眠りに就くのだから。
奴隷は、地獄の子供である恐ろしい夜を見ることなく、
下僕のように、日の出から日没まで
太陽神*1フィーバスに見守られて汗水たらし、夜は夜《よ》もすがら
*2楽園で*3ぐっすり眠る。あくる日は夜明けと共に
起き出し、日の神が馬を御す手伝いをする、

*1 Phoebus　ギリシャ神話の太陽神ポイボス。アポロンの別名またはその枕詞。ロ

こうして絶えず走り続ける月日《つきひ》を追い
有益な労働に励んで墓にたどり着くのだ。
こうした惨めな者たちは、儀礼とは無縁なまま、
昼を苦役で満たし、夜を眠りで満たし、
王よりも恵まれた立場にある。
奴隷とはいえ一国の平和に与《あずか》り、
平和を享受している、もっともそのお粗末な頭では
思いも及ばぬだろうが、国王は平和を維持するために
夜《よ》の目も寝ずに心を砕いており、そのおかげを
被《こうむ》っている筆頭は惨めな百姓どもなのだ。

アーピンガム登場。

アーピンガム　陛下、貴族諸卿はお姿が見えぬのを心配し、
陣中を探し回っております。

王　善良な老勲爵士、
皆を私のテントに集めてくれ。

ーマ神話のソルに当たる。
＊2　Elysium　ギリシャ神話のエーリュシオン、英雄や善人が死後に住む楽園。転じて「至福」を言う。
＊3　Hyperion　ギリシャ神話の太陽神ヘリオス（のちにアポロンと同一化）の父ヒュペリオン、天空を太陽の四頭立て二輪馬車で駆け巡る。

私は一足先に戻っている。　（退場）[*1]

アーピンガム　かしこまりました。

王　（跪《ひざまず》く）ああ、戦さの神よ、兵士たちの心を鋼鉄と化し、
恐怖心が取り憑かぬようになしたまえ。万一敵軍の数が
彼らの勇気を引き抜いてしまうなら、今ただちに彼らから
計算の能力を奪いたまえ。今日だけは、ああ、主《しゅ》よ、
ああ、今日だけは、私の父が王冠を手に入れるために
犯した罪をお忘れください。
私はリチャード二世王[*2]のご遺体を手厚く埋葬しなおし、
そのお身体から力ずくで流された血よりも多い
痛恨の涙をその上に注ぎました。
また五百人の貧者に年金を与えており、
その者たちは一日に二度、しなびた両手を天に差し延べ
流血のお赦しをと祈っているのです。二箇所に
礼拝堂も建てました、そこでは謹厳な司祭たちが
リチャード王の魂のために絶えずミサをあげております。
更に多くのことも致します、もっとも私にできることなど

＊1　このとき王はアーピンガムに一三五頁で借りたマントを返すと思われる。

＊2　リチャード二世は、のちのヘンリー四世ヘンリー・ボリングブルック（ヘンリー五世の父）の命で一三九九年にポンフレット城で暗殺され、セント・ポール大聖堂に三日間安置されたあと、ウェストミンスター寺院で葬儀が行われた。その後、遺体はハートフォードシャーのラングリーに葬られた。ヘンリー五世は王位に就く

高が知れておりますが、なぜならどれほど善行《ぜんこう》を積もうが、罪を悔いてお赦しを願うことが第一なのですから。

グロスター　（奥から）陛下！

王　（立ち上がり）その声は弟のグロスターか？

グロスター登場。

お前の用事は分かっている、一緒に行こう。

勝利の日も、友軍も、すべてが俺を待っている。（二人退場）

第二場　フランス軍の陣営

皇太子、オルレアン、ランビュアズ、その他登場。

とすぐにそれをウェストミンスターに移し、リチャード二世の最初の妃アンの墓に並べて埋葬し直した。

オルレアン　太陽が我らの甲冑を金色に染めている、起きろ、諸卿！
皇太子　Monte a cheval！（馬に乗れ！）　俺の馬を、varlet laquais（馬丁はどこだ）、おい！
オルレアン　ああ、勇気凛々《りんりん》だな！
皇太子　Via, les eaux et terre！（進め、水も土も蹴散らし！）
オルレアン　Rien plus? L'air et feu?（それだけか？　風も火も蹴散らし？）
皇太子　Cieux,（天も、だ）、いとこオルレアン！

軍司令官登場。

やあ、我が軍司令官殿！
軍司令官　あれを、我々の軍馬があのように勇み立ちいなないています。
皇太子　騎乗しろ、皮が破れるまで腹に拍車を入れるのだ、

熱い血が迸《ほとばし》ってイングランド兵の目に入り、
血にこもる有り余る勇気をやつらの目つぶしにしろ、はっ！
ランビュアズ　なんと、やつらを泣かせ、我々の馬の血を涙にな
さるおつもりか？
となると、どうすればやつらの本物の涙が見られますかな？

使者登場。

使者　イングランド軍は戦闘準備を調えました、フランスの貴族
諸卿。（退場）
軍司令官　騎乗なさい、勇敢な王侯貴族がた、ただちに騎乗を！
あのみすぼらしい餓死寸前の敵軍をご覧なさい、
諸卿の華々しい出陣姿が目に入れば、やつらは魂を抜き取られ、
あとに残るのは人間の抜け殻だけでしょう。
我が方には全員の手をわずらわすほどの仕事はない、
敵方の病み衰えた血管には、我が方の抜き身の剣
ひと振りずつに血糊をつけるほどの血もありません、

ですから今日フランスの勇者たちが剣を抜いても、手持ちぶさたで
また鞘《さや》に戻すことになる。息でも吹きかければ、
我らの勇気から出る蒸気で将棋倒しにしてやれる。
諸卿、反対意見はあるまいが、
特に用もないのに各小隊にまとわりついている
余計者の馬丁や百姓がいます、惨めったらしい
敵軍をこの戦場から一掃するには
あの連中だけでこと足りるのではないか、
たとえ我々がこの山のふもとに立ち、
高みの見物をしていても。
しかし我々の名誉がそうはさせない。ではどうするか？
ごくごく僅《わず》かにやりましょう、
それで万事片がつく。では、ラッパ手に命じて
騎乗の合図を響きわたらせましょう、
我らの進撃は戦場全域を麻痺させ、
イングランド王は恐怖のあまりうずくまるだろう。

グランプレ[*]登場。

グランプレ　なぜぐずぐずしておいでか、フランスの貴族諸卿？
あの島国の生ける屍《しかばね》どもは、命などどうでもいいと自棄《やけ》になり、
朝の戦場には似合わない無様《ぶざま》な姿をさらしています。
彼らのぼろぼろの軍旗はみすぼらしく垂れ下がり、
フランスの風が馬鹿にしきって揺らしている。
乞食と化したあの軍隊では、軍神マルスも形無《かたな》しらしく、
錆びついた顔当ての隙間からこわごわ覗き見するのが関の山。
騎兵は松明《たいまつ》持ちの人形をかたどった
蠟燭立てといったところ、彼らが乗った貧相な駄馬は
頭を垂れ、腹も尻も肉が落ち、
死んだような目からは目ヤニが垂れ、
生気のない口がくわえたハミは噛みしだいた草でよごれ、
じっと立ち尽くして動こうともしない。
彼らの死体処理班である浅ましいカラスどもは

＊ Grandpré　三幕七場の終わり近く（一二七頁）で言及された人物。

出番はまだかと上空で旋回しています。
どれほど言葉を尽くしても、あれほど活気のない軍隊を
活き活きと活写するのは
不可能です。

軍司令官　彼らは祈りをすませ、死を待っているのだ。

皇太子　彼らに食事と新しい服を送り届け、
餓死寸前の馬には飼葉をくれてやり、
そのあとで戦うというのはどうだ？

軍司令官　あとは私の部隊の旗を待つだけだが。よし、出撃だ！
とりあえずラッパ手の小旗を借りて
間に合わせよう。さあ、急げ！
もう日は高い、時間が無駄になる。

（一同退場）

＊1　Salisbury Thomas de Montacute（一三八八〜一四二八）『リチャード二世』に登場するソールズベリー伯爵の息子、『ヘンリ

第三場　イングランド軍の陣営

グロスター、ベッドフォード、エクセター、アーピンガムがそれぞれ兵を率いて登場。ソールズベリー、ウェスモランド登場。*1

グロスター　*2王はどこにおいでだ？

ベッドフォード　みずから馬で敵軍の様子を見に行かれた。

ウェスモランド　敵の戦闘部隊は優に六万。*3

エクセター　五対一か、しかも向こうはこれが初戦で元気溌剌《はつらつ》だ。

ソールズベリー　神よ、我らと共に戦いたまえ！　敵は恐ろしいほど優勢だ。
神のご加護を、貴族諸卿。私は自分の部隊に戻ります。
天国で再会するまでもう会えないとすれば、
ここで喜びを込めてお別れを、高貴なベッドフォード公、
親愛なるグロスター公、善良なるエクセター公、そして

ー六世』第一部にも登場する。アジンコートの戦いの時点で二十七歳。

*2
四幕一場の終わり（一五三頁）で王はグロスターに「お前の用事は分かっている、一緒に行こう」と言っているので、グロスターのこの問いはおかしい。シェイクスピアのうっかりか。

*3
前場でフランス軍側が語っているように、一方のイングランド軍は疲弊しきっている。イングランド軍がシェフ・ドゥ・コー（Chef de Caux）に上陸したのは八月十三日、ハーフラーに移動し、この街を陥落させたのち進軍を開始したのは十月七日。それから十八日かけてアジンコートに来ている。

[*1]優しい身内ウェスモランド伯、勇士諸君、さらばだ。

ベッドフォード　さようなら、ソールズベリー、武運長久を祈る。

エクセター　さようなら、伯爵。今日は勇敢に戦ってくれ。

いや、[*2]わざわざこんなことを言うのは失礼だな、

君は紛れもなく勇気そのものなのだから。

（ソールズベリー退場）

ベッドフォード　勇気と優しさ、その両方に

恵まれた貴公子だ。

王登場。

ウェスモランド　ああ、今日イングランドにいる

仕事のない男たちのうち、一万だけでも

いまここに来てくれたらなあ！

王　誰だ、そんなことを願うのは？

ウェスモランドか？　[*3]立派な身内が何を言う、

我々がもし戦死する運命にあるのなら、

＊1
原文には my kind kinsman（私の親切な親戚）としかないが、ソールズベリーの一人娘はウェスモランドの息子の一人と結婚したので、これがウェスモランドに向かって言われたのは明らか。

＊2
エクセターがソールズベリーに対して使う二人称は丁寧で距離を置く you (your, you) ではなく、上位・年長の者が下位・年少の者に対する時の thou (thy, thee)。エクセターは公爵で年長（この時点で四十七歳くらい）、ソールズベリーは伯爵で年少（二十七歳）。

＊3
原文ではまず呼びかけが My cousin Westmorland? であり、No, my fair cous-

イングランドの損失は我々だけでたくさんだ、
もし生き延びるなら、兵士の数が少なければ少ないほど
名誉の分け前は大きくなる。神のご意志にかけて、
一人でも多ければいいなどと言わないでくれ。
神かけて断言するが、私に金銭欲はない、
また誰が私の費用で飲み食いしようが一向にかまわない、
人が私の服を着ても嫌とは思わない。
私の野望の中にそういう外面的なことはないのだ。
だがもし名誉を欲しがるのが罪ならば、
この世に私ほど罪深い人間はいない。だから、
ウェスモランド、イングランドからの援軍など一人も欲しがる*
な。
魂の救いという最良の希望と引き換えでも、私は
大きな名誉を失いたくない、もう一人増えればその分け前が
奪われるかもしれない。ああ、一人の援軍も欲しがるな！
それより、ウェスモランド、全軍に布告しろ、
今日ここで戦う勇気のない者には

in と続く。現代英語では cousin は「いとこ」だが、シェイクスピアの時代には甥・姪も、それより血縁関係が遠い身内も cousin だった。ここのヘンリーの台詞は、身近な cousin を諌めるところから始まり、陣営全体に覚悟を促す訓示になってゆく。

＊　原文の呼びかけは、親しみのこもった my coz（＝cousin、一幕二場（一二二頁）の脚注参照）。

帰国を許す、通行および乗船の許可証を出し、
財布には旅費も入れてやる、と。
余は、戦友として共に死ぬのを恐れるような、
そんな男と一緒に死にたくない。
今日は*クリスピアンの祭日と呼ばれている。
この日を生き延び無事に帰国する者は、
この日のことが話題になるたび背筋《せすじ》を伸ばし、
クリスピアンという名を聞いて奮《ふる》い立つだろう。
この日を経験し、老年まで生きながらえた者は
毎年その前夜祭のたびに隣人をもてなし、
「明日は聖クリスピアンの日だ」と言うだろう。
そして袖をまくり上げ、古傷を見せながら
「クリスピンの祭日に受けた傷だ」と言うだろう。
老人はもの忘れが激しい、だが他のことはすべて忘れても
その日に立てた手柄だけは、尾ひれをつけて、
思い出すだろう。そのとき我々の名前は
格言のように人々の口に馴染んだものとなり、

＊the feast of Crispian　十月二十五日。ローマの貴族の生まれであるクリスピヌスとクリスピアヌス（Crispinus and Crispianus　英語ではクリスピンとクリスピアン）は双子の兄弟だった。二人は、信仰の迫害を逃れてフランスのソアソン（Soissons）に移り住み、靴屋として生計を立てた（そのためのちに靴屋の守護聖人になる）。二八七年ごろ殉教。

王ハリー、ベッドフォード、エクセター、ウォリック[*1]、
トールボット[*2]、ソールズベリー、グロスターの名は、
なみなみと注がれた盃で乾杯するごとに生き生きと思い出され
るはずだ。
この物語は父から息子へと語り継がれ、
今日この日からこの世の終わりまで
クリスピン・クリスピアンの祭日には必ず
人々は我らのことを思い出すだろう、
少数の我ら、幸せな少数の我ら、兄弟の一団である我らのこと
を。
なぜなら今日私と共に血を流す者は
私の兄弟になるからだ。どれほど身分の卑しい者も
この日から貴族と同列になる。そして今
イングランドのベッドで眠っている貴族たちは、
ここに居なかったから呪われると思い、
誰かが聖クリスピンの祭日に我々と共に戦った
話をすると、男がすたると恥じ入るだろう。

＊1
Warwick　一幕二場（二一頁）の脚注にも書いたとおり、史実のウォリックはアジンコートの戦いには加わっていない。

＊2
John Talbot　初代シュルーズベリー伯爵（一三八八?〜一四五三）、『ヘンリー六世』第一部で活躍するが、ウォリック伯と同様に史実ではアジンコートの戦いには加わっていない。

ソールズベリー登場。

ソールズベリー　陛下、至急ご出陣を。

フランス軍は華々しく隊列を整え、

今にも進撃開始となりそうです。

王　万事準備はできている、

あとは心の準備だ。

ウェスモランド　この期《ご》に及んでまだ心の決まらぬ者は死ね！

王　おい、イングランドからの援軍は望まないのだな？

ウェスモランド　神の御心《みこころ》にかけて、むしろ陛下と私だけで、

この栄《は》えある戦いを全《まっと》うしとうございます。

王　ほう、ではここにいる五千の兵士も望まぬというのか、

気に入った、一人の援軍を望むよりはるかにいい。

諸卿、持ち場は分かっているな。武運長久を祈る！

ラッパの吹奏。モントジョイ登場。

モントジョイ　[*1]いま一度参上致しましたのは王ハリーの御意《ぎょい》を
伺うため、貴殿の敗北はもはや確実なれば、それに先立ち
身代金の交渉をなさる意志がおありか否か。
なぜなら貴殿はいま深淵の間近に立ち、
渦に飲み込まるるは必定《ひつじょう》。加えて軍司令官は
貴殿が全軍の部下に懺悔を促すよう、慈悲心をもって
希望しております。彼らの魂が
安んじて心地よくこの戦場から
去り得《う》るようにと。惨めな者たちの哀れなる
死体はここに横たわり腐り果てる定め。

王　[*2]またお前か、今度は誰が寄越した？

モントジョイ　フランス軍司令官。

王　前と同じ返事を持ち帰ってくれ。
まず私を勝ち獲ってから骨を売れ、と。
ああ神よ、なぜ彼らは哀れな者をこのように愚弄するのでしょう？

＊1
この場のモントジョイが王ヘンリーに対して使う二人称単数は thou（thy, thee）。ちょうど祈禱文で神に対して thou を使うのと同じく、格調高い文体。

＊2
Who hath sent thee now? 三幕六場ではフランス王の使者だった（一一六頁）。

[＊1]ライオンが生きているうちにその皮を売った男は
ライオンを撃ちに行って殺されたという。
[＊2]我々の体の多くは疑問の余地なく故郷の墓に埋葬される、
この日の功績を刻んだ真鍮《しんちゅう》の板は
墓石に嵌《は》められ末長く残るに違いない。
男らしく戦死して、勇敢な骨をフランスに残す者ですら、
たとえ馬糞の山に埋められても
その名声は広まるだろう、なぜなら太陽が彼らを歓迎し、
天に立ち昇る彼らの名誉を吸い上げるからだ、
土に還るべき肉体はあとに残るが、悪臭を放ってあたりを
むせ返らせ、フランス全土に疫病を蔓延させるだろう。
よいか、我がイングランド軍の有り余る勇気は、
死してなお再び殺傷力を発揮するのだ、
ちょうど破壊力のある砲弾が破片となって
飛び散りつつもなお敵を撃つように。
高らかな誇りを込めて言おう。軍司令官にこう伝えろ、
我々は汗して働く戦士にすぎない、

＊1
The man that once did sell the lion's skin/ While the beast lived, was killed with hunting him. イソップ物語を源とする「獲らぬ熊の皮算用（To sell the bear's skin before the beast is caught.）」という諺を踏まえている。熊をライオンに変えた理由は、ライオンが百獣の王であること、そしてイングランド王の紋章にライオンが描かれていること。

＊2
生き延びてイングランドに帰国し、そこで死ぬということ。

美々《びび》しく煌《きら》びやかだった軍服は、
雨に打たれて悪路を行軍したため泥まみれだ。
我が軍の兜には羽根飾りひとつ残っていない――
だから飛んで逃げる羽もないわけだ――
みすぼらしい姿になり果てたのは絶え間ない戦闘のせいだ。
だが誓ってもいい、心はまっさらでぴしっと決まっている。
私の気の毒な兵士たちは言っている、夜になる前に
天国で新しい服に着替えるか、さもなくばフランス兵の
下ろしたての派手な軍服を剝ぎ取って
お役ご免にしてやると。*そうなれば、神の御心《みこころ》によって
きっとそうなるだろうが、その略奪品で私の身代金は
簡単にまかなえるはずだ。伝令官、もうわざわざ来なくてよい。
身代金の話は無用だ、身分いやしからぬ伝令官。
私が渡せるのは、誓って言うが、この四肢五体しかない、
その体にしても、私が手渡し、そちらが手に入れるころには、
なんの足しにもならないだろう。軍司令官にそう伝えろ。
モントジョイ　承知しました、王ハリー。では失礼します。

＊ They will pluck/ The gay new coats o'er the French soldiers'heads/ And turn them out of service. 当時の貴族の使用人はお仕着せを着ていたが、解雇されるときにはそれをとりあげられた。その習慣を踏まえた言い方。

もう伝令が来ることはありますまい。（退場）

王　あいにくもう一度来るだろう、フランス王の身代金のことで。

ヨーク登場。

ヨーク　陛下、伏してお願いいたします、前衛の指揮を私にお任せください。

王　指揮をとれ、勇敢なヨーク。――さあ、兵士諸君、進軍だ。神よ、この日の決着は御心のままに！（一同退場）

第四場　戦場

突撃ラッパ。両軍の戦闘。ピストル、フランス兵、小姓登場。

ピストル　降参しろ、犬！

フランス兵　Je pense que vous êtes le gentilhomme de bonne qualité.（ジュ・パンス・ク・ヴ・ジャンティヨム・ドゥ・ボンヌ・カリテ。私はあなたが良い家の出の紳士だと思う）

ピストル　カリテ？*「借りても貸してもいかんぞ、金は」ってね。貴様は紳士の身分か？　名はなんという？　言明しろ。

フランス兵　O Seigneur Dieu!（オー・セニョール・デュウ！　おお、神様！）

ピストル　オー・シニョール・デュウって名前なら紳士に違いねえ。
　俺の言葉を傾聴しろ、オー・シニョール・デュウ、いいか、オー・シニョール・デュウ、貴様は俺の剣先で死ぬ、ただし、オー・シニョール、莫大膨大なる身代金を払えば生かしてやる。

フランス兵　O prenez miséricorde! Ayez pitié de moi!（オー・プレネ・ミゼリコルドゥ！　アイエ・ピティ・ドゥ・モイ！　ああ、

＊ Qualité? 'Caleno custore meg !　フランス兵士の言った最後の言葉を意味も分からず繰り返し、それにアイルランドの民謡のリフレインをつけた。

お慈悲を！　私を憐れんでくれ！）

ピストル　モイ[*1]では何の足しにもならん、四十モイ寄越せ、
　寄越さねえなら貴様の喉笛掻っ切って
　鮮血したたる腑《はらわた》を引きずり出してくれる。

フランス兵　Est-il impossible d'échapper la force de ton bras?（エティル・アンポッシーブル・デシャペ・ラフォルス・ドゥ・トン・ブラス？　あなたの腕の力から逃れることは不可能ですか？）

ピストル　犬め、ブラス、[*2]真鍮だと？
　このさかりのついたスケベなヤギ野郎、
　金貨じゃなくて真鍮でごまかそうってのか？

フランス兵　O pardonnez-moi!（オー・パルドネ・モイ！　ああ、許してください！）

ピストル　ほう、そう言うのか？　よく分からんが、ドンとモイを寄越すんだな。
　おい小僧、こっち来い。
　フランス語でこの野郎になんて名前か訊いてみろ。

小姓　Écoutez. Comment êtes-vous appelé?（エクテ。コマン・

＊1
フランス語の一人称単数のmoiは、中世フランス語では[mwa]ではなく「モイ」と発音したそうだ（ニュー・ケンブリッジ版、ニュー・ペンギン版の注）。ピストルはこれを硬貨の単位だと思う。

＊2
中世フランス語ではbrasのsも発音したので、英語のbrass（真鍮）と混同。

エトゥ・ヴ・ザプレ？ 聞いて。あなたは何という名前ですか？）
フランス兵 Monsieur le Fer.（ムシュー・ルフェール）
小姓 名前はミスター・フェールだそうです。
ピストル ミスター・フェールだと？ 貴様をフェイントしてやる、フェードアウトしやがれ、フェーク野郎め。ってのをフランス語でこいつに言明しろ。
小姓 僕、フェークやフェイントやフェードアウトのフランス語、知りません。
ピストル 覚悟しろと言ってやれ、こいつの喉笛かっ切ってやるんだから。
フランス兵 Que dit-il, monsieur?（ク・ディティル、ムシュー？彼は何と言っていますか、ムシュー？）
小姓 Il me commande à vous dire que vous faites vous prêt, car ce soldat ici est disposé tout à cette heure de couper votre gorge.（イルム・コマンドゥ・ア・ヴディール・ク・ヴフェットゥ・ヴプレ、カール・ス・ソルダ・イシ・エディスポゼ・トゥタセトゥール・ドゥ・クペ・ヴォートゥル・ゴルジ。彼は、あなたにこ

う言えと私に命じています、覚悟をしろ、なぜなら彼は今ここであなたの喉を切るから）

ピストル　ウィ、クーペル・ゴルジだ、絶対だ、どん百姓め、金貨だ、本物の金貨を寄越せ、さもないと貴様はこの剣でめった切りだ。

フランス兵　O je vous supplie pour l' amour de Dieu me pardonner! Je suis le gentilhomme de bonne maison: gardez ma vie, et je vous donnerai deux cents écus.（オー・ジュヴ・シュプリ・プール・ダムール・ドゥディュ・ム・パルドネ！　ジュスイ・ルジャンティヨム・ドゥ・ボンヌ・メゾン。ガルデ・マヴィ・エ・ジュヴ・ドヌレ・ドュサンエキュ。ああ、お願いです、神の愛のために、お助けください！　私は良い家柄の紳士です、命を助けてくだされば金貨二百エキュ差し上げます）

ピストル　なんて言ってんだ？

小姓　命を助けてくれ、自分は良い家柄の紳士だ、身代金としてあなたに二百クラウン払おう。

ピストル　こう言ってやれ、

俺の怒りは収まった、金貨を受け取ろう。

フランス兵　Petit monsieur, que dit-il?（プティ・ムシュー、ク・ディティル？　小さい旦那、彼は何と言っていますか？）

小姓　Encore qu'il est contre son jurement de pardonner aucun prisonnier, néanmoins, pour les écus que vous lui ci promettez, il est content à vous donner la liberté, le franchisement.（アンコール・キレ・コントル・ソン・ジュレマン・ドゥパルドネ・オーカン・プリゾニエ、ネアンムワン・プール・レゼキュ・ク・ヴ・リュイ・イシ・プロメテ、イレ・コンタン・アヴドネ・ラリベルテ、ルフランシスマン。絶対に捕虜の助命はしないという誓いに反することではあるが、あなたがいま約束した金貨の見返りとして、あなたを自由にし、放免する）

フランス兵　（ピストルに）Sur mes genoux je vous donne mille remerciements, et je m'estime heureux que j'ai tombé entre les mains d'un chevalier, comme je pense, le plus brave, vaillant et très distingué seigneur d'Angleterre.（シュール・メジェヌ・ジュヴ・ドンヌ・ミル・ルメルシマン、エジュ・メスティーム・エル

ー・ク・ジェトンブ・アントレ・マン・ダンシュヴァリエ、コム・ジュ・パンス、ルプリュ・ブラーヴ、ヴェラン・エ・トレディスタング・セニョール・ダングルテール。こうして跪《ひざまず》いて一千回の感謝を捧げ、私がイングランドで最も勇敢で豪胆な騎士の手に、また私が思うに非常に卓越した人物の手に落ちたことを幸せに思います）

ピストル　通訳しろ。

小姓　この人は跪いて一千回の感謝をあなたに捧げ、彼が思うに、イングランドで最も勇敢で豪胆で、非常に卓越した人物の手に落ちたことを幸せに思っています。

ピストル　人の血を吸って生きる俺だが情け[*1]もかけてやろう、ついて来い。

小姓　Suivez-vous le grand capitaine.（スイヴェ・ヴ・ルグラン・カピテン。大将について行きなさい）

（ピストルとフランス兵退場）

あんな意気地なしの空っぽの心臓からあんな威勢のいい声が出るなんて知らなかったな。[*2]「空の樽ほど音は大きい」って諺《ことわざ》は本当なんだ。あいつはさしずめ昔の芝居に出てきて吠えたてる悪魔だ

＊1　I will some mercy show.「兵士は、捕らえた捕虜を帰陣の際ただちに隊長に差し出さねばならず、殺したり放免したりしてはならない」という軍法に違反する行為。

＊2　古い道徳劇（Morality

な、みんなに木剣でぶっ叩かれて鉤爪《かぎつめ》を剝がされる。あいつに比べりゃバードルフもニムも十倍も勇敢だった。その二人も縛り首になっちまった。あいつも見境なく無茶な盗みを働いてると同じ目に遭うだろう。俺は馬丁たちと一緒に味方の荷物の番をしなきゃならない。フランス軍が知ったら結構な獲物にありつくことになる。番をしてるのは俺みたいな少年兵だけなんだから。（退場）

Play）では、道化役の「悪徳（Vice）」が悪魔を捕まえてまがいものの剣で鉤爪を剝がすのが決まりごとだった。『十二夜』四幕二場でフェステの歌でも言及されている（ちくま文庫版一四七頁）。

第五場　戦場の他の場所

フランス軍司令官、オルレアン、ブルボン、皇太子、ランビュアズ登場。

軍司令官　O diable!（オー・ディアーブル！　おお、悪魔め！）

オルレアン　O Seigneur! Le jour est perdu, tout est perdu!（オー・セニュール！　ル・ジュール・エペルデュ、トゥテペルデュ！　おお、主よ、敗北だ、何もかもおしまいだ！）

皇太子　Mort de ma vie,（モール・ドゥ・マヴィ。　我が命の死）、全て破滅した、全て！

致命的な屈辱と永遠の汚名が

我々の兜の上に居座りあざ笑っている。O méchante Fortune!（オー・メシャントゥ・フォルチュン！　おお、悪辣な運命の女神！）

（短いラッパの音）

*逃げるな。

軍司令官　しかし我が軍は全滅です。

皇太子　ああ、末代までの恥！　いっそ自《じ》刃《じん》して果てよう。我々がダイスを振って絶対に負けると賭けた惨めなやつらがあれか？

オルレアン　我々が身代金取り立ての使者を送った国王があれか？

＊ ト書きの「短いラッパの音（A short alarum.）」は退却の合図で、舞台上で逃げてゆくフランス兵に向かって「逃げるな（Do not run away.）」と言っていると思われる。

ブルボン　恥だ、永遠の恥だ、恥以外の何ものでもない！
こうなったら潔《いさぎよ》く死のう。もう一度前線に戻るのだ、
いまブルボンに続かぬ者は
故郷《くに》に帰れ、そして帽子を手に
卑しいポン引きのように部屋の外に立ち、
美しい最愛の娘が俺の飼い犬より下等な下郎《げろう》に
犯されるあいだ見張っていろ。
軍司令官　我々を破滅させた混乱よ、今度は味方になってくれ！
さあ、打って一丸となって命を捨てよう。
オルレアン　戦場には我が軍の生き残りが多数いる、
イングランド軍の息の根を止めるには十分だ、
いささかなりと秩序を取り戻せれば。
ブルボン　秩序など悪魔にくれてやれ！　俺は突っ込むぞ。
命は短いに限る、さもないと恥が延々と長生きする。
（一同退場）

第六場　戦場の他の場所

ラッパの音。王ヘンリーとその一行が捕虜を引き連れて登場。

王　よく戦ったな、勇猛果敢な同胞諸君、だが
全てが終わったわけではない、フランス軍はまだ戦場に留まっている。

エクセター[*1]登場。

エクセター　ヨーク公爵[*2]から陛下によろしくとのこと。

王　ヨーク公は生きているのですか、叔父上？　ここ一時間のうちに
彼が三度《みたび》倒れ、三度立ち上がって戦うのを私は見た。
兜から拍車まで全身血まみれでした。

＊1　ここでエクセターを登場させるのはアーデン3とニュー・ケンブリッジ版のト書き。Fでは王の一行と共に登場。アーデン3の注にもあるとおり、ここで登場するほうが理にかなっている。なお、アーデン3はこの前に「兵士たちと捕虜たち退場」というト書きを入れている。

＊2　the Duke of York（一三七三?〜一四一五）『リチャード二世』では王の従兄弟オーマールとして登場。本作の二幕二場（五三頁）に登場するケンブリッジ伯の兄。

エクセター　ああ勇敢な軍人だ、彼はそのままの姿で横たわり、
血を平原の肥やしにしている。傍《かたわ》らには
名誉の傷を共にする戦友、気高いサフォーク伯[*1]も
横たわっている。
サフォークが先に死に、満身創痍《まんしんそうい》のヨークは
血にひたされて横たわるサフォークに近寄り、
髯《ひげ》をつかんで顔を起こすと傷に口づけした、
ぱっくり口を開け血を流している傷に。
ヨークは叫んだ、「待て、おいサフォーク！
俺の魂もお前の魂と一緒に天国へ行くぞ。
愛しい魂よ、俺の魂を待て、それから並んで飛んで行くんだ、
この栄えある戦場で轡《くつわ》を並べ
死力を尽くして共に戦ったように」
その言葉を聞きつけた私がヨークのもとへ駆け寄り
励ましますと、彼はにっこり笑って手を差し伸べ、
弱々しい力で私の手をにぎり、「エクセター、[*2]
陛下によろしく伝えてくれ」と言うのです。

＊1　the Earl of Suffolk（一三九四～一四一五）第三代サフォーク伯爵マイケル・ド・ラ・ポール。父の第二代サフォーク伯マイケル・ド・ラ・ポールもハーフラーの包囲戦で戦死。第三代はこのとき二十一歳、ヨーク公爵は四十二歳前後なので父子のような心理的関係が想像される。

＊2　原文での呼びかけは Dear my lord（親愛なる我が閣下）。

それから寝返りを打つと傷だらけの腕で
サフォークの頭をかかえ、唇に口づけしました。
こうして彼は死神と結婚し、立派な最期を迎える
愛の遺書に血で捺印したのです。
愛らしく優しいその振る舞いが
否応なしに私の涙を誘いました、
止められるものなら止めたかったのですが、
その時の私はそれだけの剛毅《ごうき》さに欠け、
[*1]母親譲りの涙もろさに負けて男泣きしてしまいました。

王　叔父上をとがめはしません、
聞いているだけで[*2]私の目もうるんできます、
しっかり押さえ込まないとこぼれてしまう。

（突撃ラッパ）

待て！　あの新たな突撃ラッパはなんだ？
フランス軍は散り散りになった兵を集め盛り返してきた。
こうなったからは、[*3]全兵士は各自の捕虜を殺せ！
この命令を全軍に伝達しろ。

（一同退場）

＊1
当時、涙もろさや弱さなどは女性の特質とされ、それらが男性のなかにあると、母親から受け継いだとみなされた。『十二夜』二幕一場の終わりのセバスチャンの台詞にもその考え方が見て取れる。「胸がいっぱいで、女みたいに涙もろくなっている。あと一言でも何か言われたら、この目が僕の気持ちをばらしてしまいそうだ（I am yet so near the manners of my mother, that upon the least occasion more mine eyes will tell tale of me.）」（ちくま文庫版五一頁）

＊2
I must perforce compound/ With my full eyes, or they will issue too. Fでは mixtfull と意味不明な印

第七場　戦場の別の場所

フルエリンとガワー登場。

フルエリン　子供や荷物まで殺しゅとは！　こいつは明白な兵法違反じゃ。言語道断の悪逆非道じゃ、よろしいか、貴君は良心にかけてしょうは思わんか？

ガワー　子供は一人も生き残っていない、それは確かだ。この虐殺をやったのは、戦場から逃げたやくざな卑怯者どもだ、そうに違いない。おまけにやつらは王のテントを焼き払い、中のものを一切合切持ち去った。そこで王は全兵士に各自捕虜の喉を掻っ切れという適切な命令を出した。ああ、実に天晴《あっぱ》れな名君だ！

字の語を、アーデン3はmy fullと校訂している。他にmistful（かすみのかかった）やwilful（強情な、わがままな）などがある。

＊3
ヘンリー五世の悪名高い冷酷な行為だが、ホリンシェッドによれば、「フランス兵から逃げようとする馬丁や少年たちの叫び声を聞くと」王は「捕虜たちを生かしておいては敵（フランス軍）の援護をするのではないか、あるいはフランス軍が捕虜を救い出すのではないか、と恐れ、通常の優しさに反して」この命令を出したという。

フルエリン　しょうとも、お生まれがウェールズのモンマシュじゃからな、ガワー大尉。[*1]アレキシャンダーたいおうが生まれたのは何という町じゃったかな？

ガワー　アレキサンダー大王だ。

フルエリン　では伺うが、「たい」は「大きい」ちゅうことではないかな？「たい王」も「偉《い》大《たい》王」も「強《きょう》大《たい》王」もまたは「巨《きょ》大《たい》王」も「寛大《かんたい》王」も、詰まるところ同じじゃろう、言い回しはいしゃしゃか異なっておるが。

ガワー　アレキサンダー大王が生まれたのはマケドニアだと思う。父親はマケドニアのフィリップと呼ばれていたはずだ。

フルエリン　我輩もアレキシャンダーが生まれたのはマケドニアじゃと思う。よいかな、大尉、世界《しえかい》地図を一瞥《いちべつ》しゅれば、まっことお分かりじゃろうが、マケドニアとモンマシュを比較してみると、状況はじゃな、よろしいか、しょっくりなのじゃ。マケドニアには川がある、モンマシュにも川がある。モンマシュのは[*2]ワイ川と呼ばれとるが、もう一方の川が何という名前かは失念した。しかししょんなことはどうでもよい、二つの川は右手の指と左手

＊1　ここでのアレキサンダーとヘンリー五世との比較は、プルタルコスの『対比列伝』（日本では『英雄伝』として知られる）におけるギリシャの英雄アレクサンドロス（アレキサンダー）（B.C.三三六～三二三）とカエサル（シーザー）の対比のパロディとされる。

＊2　Wye　ウェールズの山中に源があり、モンマスを過ぎたチェプストゥでセヴァ

の指のようにしょっくりで、どちらの川にも鮭《しゃけ》がおる。アレキシャンダーの生涯をしっかり検分しゅると、モンマシュのハリーの生涯と極めて似ておる、なんとなればしゅべての物ごとには類似ちゅうもんがあるからじゃ。アレキシャンダーは、神も貴君も知るとおり、激怒し、逆上し、怒りに駆られ、かんしゃくを起こし、不機嫌になり、不愉快になり、憤慨し、はたまたいしゃしゃか酩酊して頭にきておってじゃな、要しゅるに酒《しゃけ》が入り腹立ち紛れに*親友のクレイトシュを殺してしまったのじゃ。

ガワー　我が国王はその点は似ていない。ひとりの友人も殺したことはないからな。

フルエリン　こら待て、話が終わらんうちに人の口から話を横取りしゅるのはよろしくない。我輩は類似ないしは比較っちゅうことを話しておるんじゃ。アレキシャンダーは酒に酔った勢いで友人のクレイトシュを殺したが、同じくハリー・モンマシュも素面《しらふ》で良い判断によって、太鼓腹の胴着を着用した太っちょの騎士を追放した。ダジャレとあじゃけりと悪ふじゃけと人を馬鹿にしゅる名人じゃった。名前は忘れてしまったが。

ーン川に流れ込む。イングランドとウェールズの国境をなす川。近年になるまでは、スコットランドを除き、英国でもっとも鮭の漁獲量の多い川だったという。

* Clytus　アレクサンドロス（英語読みではアレキサンダー）の友人で将軍。（ちくま学芸文庫　プルタルコス『英雄伝』中　七一～七二頁参照）B.C.三二八年、マラカンダ（サマルカンド）における酒席で口論となり、アレクサンドロスに槍で刺し殺された。

ガワー　サー・ジョン・フォルスタッフ。
フルエリン　しょいつじゃ。とにかくモンマシュ生まれには良い人物がしょろっとる。
ガワー　陛下のお成りだ。

王ハリーが彼の捕虜となったブルボンと共に登場。ウォリック、グロスター、エクセター、伝令、その他が捕虜を引き連れて続く。ファンファーレ。

王　フランスに来て以来わたしが腹を立てたのは
今が初めてだ。伝令官、ラッパを手に、
あの丘の騎兵隊のところまで馬を走らせろ。
やつらに戦う気があるなら降りてこいと言え、
ないなら戦場から消えろとな。目障りだ。
どちらも嫌なら、こちらから出向き、
やつらを古代アッシリアの石弓から放たれた
石より速く遁走《とんそう》させてやる。

それだけではない、捕らえた者どもの喉を掻っ切るのだ、
この先も捕虜には一人といえども
余の慈悲を味わわせない。行ってそう伝えろ。

モントジョイ登場。

エクセター　フランス軍の伝令官です、陛下。
グロスター　これまでより謙虚な目つきだ。
王　どうした、どういうことだ、伝令官？　私が払う
身代金はこの骨だと言わなかったか？
また身代金のことで来たのか？
モントジョイ　いいえ、偉大なる王、
わたくしが参ったのは慈悲深いお許しを乞い願うため、
この血まみれの戦場を隈《くま》なく巡り、我が方の戦死者を見つけ出し、貴族と平民とを識別したうえ
彼らを埋葬できますよう。
なぜなら我が王侯貴族は——ああ、悲しいかな！——

傭兵《ようへい》たちの血の海にひたって横たわり、
平民は平民でその卑しい手足を
貴族たちの血に漬《つ》けている。傷ついた駿馬《しゅんめ》は
毛づめまで血みどろにしてもがき、蹄鉄《ていてつ》を履いた蹄《ひづめ》で
狂ったように死んだ主人を蹴り上げ、
もう一度殺しております。

王　実を言えば、伝令官、
勝利が我が方のものか否か分からないのだ、
何しろそちらの騎兵はまだ大勢戦場に
姿を見せ、駆け回っているからな。

モントジョイ　勝利は貴殿のものです。

王　我々の力ではない、神の力のおかげだ！
あそこに立つ城はなんと呼ばれているのか？

モントジョイ　アジンコートと呼ばれています。

王　では今日の戦《いく》さを、聖クリスピン・クリスピアンの日に
交わされたアジンコートの戦いと呼ぼう。

フルエリン　陛下の誉れ高い祖父《しょふ》君《ぎみ》ジョン・オヴ・ゴーントと、

大伯父君であられる黒太子《ブラック・プリンシュ》エドワード殿下は、我輩が年代記で読みましたところ、ここフランシュで実に華々しい戦果《しぇんか》を挙げられたとか。

王　そうだ、フルエリン。

フルエリン　まっこと陛下の仰せのとおりでありましゅ。陛下がご記憶であられましゅれば、ウェールズ人はポロネギを付けたモンマシュ帽をかぶりまして、ポロネギ畑で立派な手柄を立てたのでありましゅ。陛下もご存《じょん》じのとおり、ポロネギは今日《こんにち》にいたるまでしょの時の武勲の誉れ高いしるしになっとりましゅ。陛下もまた聖デヴィッドの日には憚《はばか》ることなくポロネギを付けられると信じとりましゅ。

王　記念すべき名誉のために私も付けるぞ、知ってのとおり、私はウェールズ生まれの良き同郷人だからな。

フルエリン　ワイ川の水をじぇんぶ使いましても陛下のお体からウェールズ人の血を洗い流しゅことはできましぇん、それは断言できましゅ。国王陛下の御意にかなうかぎり、神よ、しょの血を祝福し、しょの血を永らえしゃしぇたまえ！

王　ありがとう、善良な我が同郷人。

フルエリン　イエシュ・キリシュトに誓って、我輩は陛下の同郷人であり、しょれが誰に知れてもかまいましぇん。我輩はしょれをば全世界《じえんしえかい》に向けて告白しゅるでありましゅ。我輩が陛下を恥じる必要は毛頭ごじゃいましぇん、神の讃えられんことを、陛下が正直者であらしぇられるかぎり。

王　神、私をそうあらしめたまえ！

ウィリアムズ登場。

我が軍の伝令もフランス軍伝令官と共に行き、両軍の戦死者数に関する正確な報告を届けろ。

（モントジョイ、ガワー、イングランド軍の伝令退場）

あそこに来た男を呼べ。

エクセター　おい、兵士、王の御前《ごぜん》へ行け。

王　兵士よ、なぜ帽子に手袋を付けているのだ？

ウィリアムズ　畏れながら陛下、これはある男の挑戦のしるしでありまして、生きておれば私と闘うことになっております。

王　イングランド兵か？

ウィリアムズ　畏れながら陛下、昨晩私に向かって威張り散らしたゴロツキで、そいつが生き延びてこの手袋を自分のものだと言う度胸があれば、私はそやつの耳元に一発喰らわすと誓いました。あるいはもし私がそいつの帽子に私の手袋が付いているのを見れば、そいつは生きていれば必ず付けると軍人として誓ったのですが、私はそいつをしたたかぶちのめしてやります。

王　どう思う、フルエリン大尉、この兵士が誓いを守るのは妥当かな？

フルエリン　守らなければこの兵士は卑怯未練な悪党でありましゅ、畏《おしよ》れながら陛下、我輩の良心にかけて申しましゅ。

王　相手は一兵卒では太刀打ちできないほどの大貴族かもしれない。

フルエリン　たとえしょの男が悪魔の王シャタンやベルジェバブのような大貴族であるとしても、よろしいでしゅかな、陛下、誓いなり誓言《しえいごん》なりを守ることは必要不可欠でありましゅ。もし誓い破りを犯しゅとなれば、よろしいか、しょの男は評判を落とし、神の土地であるこの大地を泥靴で踏んだいかなる悪党も及ばぬ言語道断の悪党、恥知らじゅのならじゅ者、などと呼ばれるでありましょう、我輩の良心にかけて、ああ！

王　では、その相手に出会ったら、お前の誓いを遂げるがよい。

ウィリアムズ　そういたします、陛下、必ず。

王　お前は誰の部下か？

ウィリアムズ　ガワー大尉であります、陛下。

フルエリン　ガワーは立派な隊長じゃ、兵法に通じ、軍事の書物もよく読んどりましゅ。

王　兵士よ、ガワーをここへ呼んでこい。

ウィリアムズ　かしこまりました、陛下。（退場）

王　おい、フルエリン、*これは私の贔屓《ひいき》の印だ、帽子に付けていてくれ。私がフランスの将軍アランソンと取っ組み合って倒れたとき、彼の兜についていたのを引き抜いてきた。誰かがこれを見て挑戦してきたら、その者はアランソンの味方であり、ほかでも

＊ Wear thou this favour for me.「私の贔屓の印」と砕いて訳したが、原文では favour で、多くの場合「愛の印」。『恋の骨折り損』五

ないこの身の敵だ。そういう者に出会ったら、そして私を愛して
いるなら、捕縛してくれ。

フルエリン　陛下は我輩めに臣下が心の底《しょこ》から望みうる最大《しゃいたい》の名誉をお授《しゃじゅ》けでありましゅ。しょせんは二本足でありながら、この手袋を見て怒り出す男に会いたくてたまりましぇん、ただしょれだけでありましゅ。一度でいいから会いたくてたまりましぇん、神の御心《みこころ》とお情《なしゃ》けにより、会えるとなれば。

王　ガワーを知っているか？

フルエリン　我輩の親友でありましゅ、失礼ながら。

王　すまないが彼を探し出し、私のテントまで連れて来てくれ。

フルエリン　連れてまいりましゅ。　（退場）

王　ウォリック卿、そして弟グロスター、
すぐフルエリンのあとを追ってくれ。
私が愛顧の印として与えた手袋のせいで
フルエリンは耳元に一発喰らうかもしれない。
あれはさっきの兵士の手袋で、彼との約束どおり
私が付けておくべきなのだ。あとを追ってくれ、ウォリック。

幕二場でフランス王女が「私たちは恋満載のお手紙も、／恋の使者である贈り物も受け取りました」（ちくま文庫版一八九頁）と言うが、後半の原文は Your favours, the ambassadors of love. である。フルエリンは王から favour と言われたので嬉々として身につけるのだ。

兵士がフルエリンをなぐれば——あの単刀直入な
態度からすると約束を守るだろうから——
何か突発的な騒動が起きるかもしれない、
私もよく知っているが、フルエリンは勇猛果敢、
火薬のように火を噴きやすいかんしゃく持ちだ、
すぐさま殴り返すだろう。あとを追って、
二人のあいだに何事もないよう取り計らってくれ。
私と一緒に来てください、エクセターの叔父上。（一同退場）

第八場　王ヘンリーのテントの前

ガワーとウィリアムズ登場。

ウィリアムズ　間違いない、このお呼び出しは大尉を勲爵士に叙するためです。

　フルエリン登場。

フルエリン　神のご意志と御心であるが、大尉、大至急王のもとへ行っていただきたい。恐《おしょ》らく君の知るかぎり夢想だにしぇぬ良いことがあるだろう。

ウィリアムズ　*1この手袋を知っているか？

フルエリン　手袋を知っているか？　しょの手袋が手袋であることは知っておる。

ウィリアムズ　おれはその手袋を知っている、だからこうしてやる。（フルエリンを殴る）

フルエリン　畜生、この広い世界《しぇかい》にもフランシュにもイングランドにも二人とおらん言語道断の謀反人め！

ガワー　どうした、おい、*2この悪党！

ウィリアムズ　私が誓いを破るとお思いですか？

＊1　フルエリンが帽子に付けた手袋。

＊2　フルエリンを殴ったウィリアムズのこと。

フルエリン どいてくれ、ガワー大尉。こやつをぶちのめしてくれる、まっこと謀反の報いじゃ。
ウィリアムズ 俺は謀反人ではない。
フルエリン 真っ赤な嘘じゃ。陛下の御名《おんな》において、こやつを逮捕しろ、こやつはアランション公爵の味方じゃ。*

ウォリックとグロスター登場。

ウォリック どうした、どうした、何の騒ぎだ?
フルエリン 我がウォリック閣下、神の讃えられんことを、ただいまここに伝染病《でんしえん》なみに極めて有害なる謀反が明るみに出ましてごじゃいましゅ、よろしいか、しょの明らかなること夏の日に望まれるごとし。

王とエクセター登場。

陛下のおでましでしゅ。

* I charge you in his majesty's name apprehend him. ウィリアムズの隊長であるガワーに命じている(you はガワーだということ)。ただしアーデン3はこの前に「兵士たち登場」というト書きを入れ、彼らへの命令としている。

王　どうした、何の騒ぎだ？

フルエリン　陛下、これなる悪党にして謀反人は、よろしいか、陛下がアランションの兜からお取りになった手袋をぶん殴ったのであリましゅ。

ウィリアムズ　陛下、それは私の手袋で、その相棒はここにあります。それを交換した男は帽子に付けると約束し、私は、私の手袋を付けていたらそいつを殴ると約束しました。私は、私の手袋を帽子に付けているこの男に出会ったので、約束通りにしたのです。

フルエリン　陛下におかれましては、しゃじょお聞き苦しいとは存《じょん》じましゅるが、こやつめは言語道断にしてやくざ的乞食的にして薄汚れた悪党でありましゅ。我輩が希望しましゅのは、陛下が我輩のために証言し、証人として、これがアランションの手袋であり、陛下がしょれを我輩に賜ったと陛下の良心において言明していただくことでありましゅ。

王　兵士よ、お前の手袋をよこせ。見ろ、これがその相棒だ。実はお前が殴ると約束した相手はこの私なのだ。

それにしても私についてずいぶん手厳しいことを言ってくれたな。

フルエリン　畏《おしよ》れながら陛下、この世に軍法があるかぎり、しょの責任はこの男の首に取らしぇましょう。

王　どうすれば罪を償えると思う？

ウィリアムズ　陛下、罪はすべて心に生まれるもの、しかし陛下のお怒りを招くような罪が私の心に生まれたことは断じてありません。

王　お前が誹謗中傷したのはほかでもないこの身だ。*

ウィリアムズ　あのときの陛下は陛下らしくありませんでした。私には普通の兵士にしか見えなかった。夜の闇、服装、身分の低さなどが証人です。陛下があのお姿でお受けになった侮辱は、陛下ご自身が招かれたもの、私のせいではありません、それをお認めくださるようお願いします。あのときの陛下が、私が思ったとおりの普通の兵士だったなら、私は何の罪も犯さなかったことになります。ですから陛下、何とぞ私をお赦しくださいますよう。

王　では、エクセターの叔父上、この手袋に金貨を詰め、

* It was ourself thou didst abuse. 王は、兵卒のウィリアムズに対してもここまでは私的なIという一人称を使ってきたが、ここでは「君主の複数、君主のwe」を使っている。

この男に与えてください。——取っておけ、兵士、その手袋は名誉のしるしとして帽子に付けておけ、私が挑戦するときまでな。——この男に金貨を。——それから大尉、君もこの男と仲直りするのだ。

フルエリン　この太陽とこの光に誓って申しましゅが、この男の腹の据《しゅ》わりようは大したもんでありましゅ。——これを取れ、十二ペンシュある、今後とも神にお仕えし、喧嘩口論、不和紛争には口も手も出しゃんようにしなしゃい、まっことしょのほうが貴殿のためじゃ。

ウィリアムズ　あなたから金をもらう筋合いはない。

フルエリン　我輩の気持ちじゃ。君の靴の修理代にはなるじゃろう。しゃあしゃあ、どうしてそう恥じゅかしがるのじゃ？　君の靴はしょれほどよろしくない。これは正真正銘の銀貨じゃ、でなけりゃ取り替えてしんじぇよう。

伝令登場。

王　どうだ、伝令、戦死者の数は分かったか？
伝令　これがフランス軍の死者の数です。（王に書面をわたす）
王　叔父上、身分の高い捕虜にはどういう者がいますか？
エクセター　フランス王の甥オルレアン公爵シャルル、
ブルボン公爵ジャン、そしてブーシクオー卿、
その他の貴族、男爵、勲爵士、郷士《ごうし》など
千五百名あまり、平民はのぞいた数でございます。
王　この書面によれば、戦場に横たわるフランス軍の
戦死者は一万、そのうち公爵および
紋章つきの軍旗を所有する貴族は
百二十六名。それらに加え
勲爵士、郷士、紳士階級の勇士らが
八千四百名、その中には昨日勲爵士に
叙されたばかりの者が五百名いる。
したがって彼らが失った一万の戦死者のうち
傭兵の数はわずか千六百ということだ。
あとはすべて公爵伯爵、男爵や諸貴族、勲爵士に郷士、

そして紳士階級といった由緒ある血筋の者たちだ。
戦死した貴族の名前を挙げよう、
フランス陸軍司令官シャルル・ダルブレ、
フランス海軍司令官ジャック・シャティヨン
石弓隊指揮官ランビュアズ卿、
*フランス王室長官の勇敢なサー・ギシャール・ドーファン、
アランソン公爵ジャン、ブルゴーニュ公爵の弟である
ブラバント公爵アントニー、
バール公爵エドワード、元気旺盛な伯爵は、
グランプレ、ルッシ、ファルコンブリッジ、フォワ、
ボーモン、マール、ヴォードモン、レトレイユなど。
死を共にする高貴な戦友たちだ。
我がイングランド軍の戦死者数は？
（伝令が別の書面をわたす）
ヨーク公爵エドワード、サフォーク伯爵、
サー・リチャード・ケイトレー、郷士デイヴィー・ガム、
名のある戦死者はこれだけだ、ほかの者を加えても

＊ Great Master of France アーデン3の脚注によれば Great Master は grand master, the chief officer of the royal household なので、こう訳した。

二十五名にすぎない。ああ、神よ、あなたのお力の働きです、我々の力ではなく、ひとえにあなたのお力のおかげです。なんら策略を用いることなく、正々堂々たる正面攻撃の結果、一方の損失がこれほど大きく、他方がこれほど小さかった例がこれまであったでしょうか？　神よ、この戦果をお取りください、神のものにほかならないのですから。

エクセター　奇跡だ。

王　さあ、威儀を正して村まで行進しよう。そして全軍に布告するのだ、この勝利を吹聴したり、またひとえに神のものである賞賛をおのれのものとする不心得者は死刑に処すと。

フルエリン　畏《おしよ》れながら陛下、敵が何人殺しゃれたかを言うのも罪でありましゅか？

王　それはかまわん、大尉、だがそのときは神が我々のために戦って下さったことも言い添えるのだ。

＊　フランス軍の死者一万もイングランド軍の死者二十五もホリンシェッドにある数字。史実では前者は七千、後者は四、五百だという。それでも驚くべき差ではある。

フルエリン　はい、我輩の良心にかけて、確かに神は我らに大いなる善《じぇん》を施しゃれました。

王　全軍こぞって聖なる儀式を行おう。
「我らが力にあらず」*と「すべては神の御業《みわざ》」を歌い、
戦死者は手厚く埋葬するように。
それからカレーへ向かい、そこからイングランドへ、
かつてこれほど幸せな兵士がフランスから凱旋《がいせん》したことはない。

（一同退場）

＊ 原文はラテン語 *Non nobis* and *Te Deum* 旧約聖書「詩篇」一一五の冒頭。英訳は Not unto us, O Lord, not unto us,

第五幕

コーラス登場。

コーラス　お許しを願い、この物語をまだお読みでない方々には次に何が起きるかをお教えし、すでにお読みになった方々にはそこにおける長い時間、膨大な物量、事の経緯をありのままに再現するのは無理だという弁解をお認め頂きとうございます。さて、私どもは国王をカレーへと運びます、さあ、お着きになった、と思う間もなく皆様の想像力の翼に王をお乗せしてドーヴァー海峡をひとまたぎ。ご覧ください、イングランドの浜辺には男も女も子供らも総出で人垣を作り、その大歓声と拍手は、王のための

壮大な露払いにも等しい海原《うなばら》のどよめきを
飲み込んでしまいます。かくして王は上陸なさり、
威儀を正し、ロンドンに向けてお発ちになる。
思考力の目にも留まらぬ速さのおかげで、今まさに
王がブラックヒース[*1]にご到着だとお思いください、
そこで貴族たちは、王がその傷だらけの兜《かぶと》と
折れ曲がった剣を先頭に立てて、市中を
行進なさるよう請い願います。王はそれを拒否なさる、[*2]
虚栄心や自己顕示欲とはまったく無縁である王は、
勝利の栄誉も栄冠も何ひとつご自分のものとなさらず、
すべて神に捧げたもうからです。ともあれ
想像力を全開にして、さあご覧ください、
ロンドン中の市民が大挙して押し寄せます、
市長と市会議員一同は礼服に身を包み、
さながら古代ローマの元老院議員が
群れをなす平民を従えていたように、
凱旋する彼らのシーザーであるハリーを出迎えます。

＊1　Blackheath　ロンドンの南西部にある一角、グリニッチの南に位置する。

＊2　ホリンシェッドに記されていること。

これほど華々しくはないが、同じように愛のこもった
歓迎があり得るなら、慈悲深い我らが女王陛下の将軍が、*
やがてよい折に、アイルランド討伐を終え、叛逆者どもを
剣の先に串刺しにして凱旋なさる時でしょう、
その時にはどれほど多くの市民が将軍の歓迎に
繰り出すことか！　それをしのぐ、はるかにしのぐ
大義のために、市民たちは国王ハリーを歓迎しました。
さあ王をロンドンに迎えましょう――
目下フランス国民は敗戦の悲しみのどん底にあり、
イングランド国王は安んじて故国の首都にとどまれます、
また、神聖ローマ帝国皇帝がフランス王に代わって
来訪し、英仏両国の和平を講じます――その他
もろもろの出来事は割愛し、王ハリーが
再びフランスへ赴《おもむ》くところに飛びましょう。
王はいまフランスにおいでです。このように私の役目は
過ぎ去った出来事と時の経過をお知らせすること。
数々の省略はご容赦いただき、皆様の想像力と

＊ the General of our gracious Empress　前者 the General とはエセックス伯爵ロバート・デヴルー、後者はエリザベス一世のこと。エセックス伯は一五九九年三月二十七日にアイルランドで起きたタイロンの叛乱を鎮圧するためにイングランドを発ち、それに失敗して同年九月二十八日に帰国した。ここのくだりを根拠として、本作はエセックス伯の出発から帰国までのあいだに書かれたとされる。

お目を、ただちにフランスにお向けください。（退場）

第一場　フランス、イングランド軍の陣営

フルエリンとガワー登場。

ガワー　うん、そりゃそうだ。だがなぜ君は今日もポロネギを付けてるんだ？　聖デヴィッドの祭日*はもう過ぎたぞ。

フルエリン　物ごとには万事なぜか何故《なにゆえ》かとの理由なり原因がある。ガワー大尉、貴君を友と見込んで言っておくが、あの見下《みしゃ》げ果てた、賤《いや》しむべき、乞食のごとき、シラミまみれにして大ボラ吹きの悪党ピシュトルのことじゃ、貴君も貴君自身も全世界《しえかい》も知るごとく、あやつは何の取り柄もない下郎《げろう》にも劣る野郎じゃ、よろ

＊ Saint Davy's day　四幕一場の leek の注（一三八頁）参照。

しいか、しょやつが昨日パンと塩を持って我輩のところにやってきて、我輩のポロネギを食えと抜かし侮辱しおった。[*1] あいにく場所が場所だったゆえ喧嘩を始めるわけにはゆかなかったが、今度あやつに会うまで我輩は大胆不敵にもポロネギを帽子に付け、その折いしゃしゃか思い知らせてやるつもりなのじゃ。

ピストル登場。

ガワー　おっと、やって来たぞ、七面鳥みたいにふんぞり返って。

フルエリン　ふんぞり返ろうが七面鳥みたいだろうがかまうものか。やいこら、ご機嫌よう、[*2] 旗手のピシュトル、この卑劣にしてシラミまみれの悪党め、お大事に！

ピストル　ハッハッ、お前、アタマおかしいのか？　下賤なトロイ人め、この俺に命の糸を断ち切る運命の神になってほしいのか？　失せろ！　ネギの臭いにゃ吐き気がする。

フルエリン　心からお願いしゅる、卑劣にしてシラミまみれの悪

＊1　eat my leek　成句として eat the leek というのがあり、意味は「屈辱を忍ぶ」。

＊2　原文は、「ご機嫌よう」も、後の「お大事に！」のどちらも God bless you（神の祝福がありますよう）がフルエリン流に訛った God pless you. 意味と訛りで二重に見当違いなおかしさがある。

二〇七頁の注

＊1　フルエリンはピストルに対して丁寧な二人称 you を

党、我輩の希望、願望、嘆願を叶えてくれ、よろしいか、このポロネギを食ってくれ。なんとなれば、よろしいか、貴君[*1]はポロネギが好きではなく、貴君の好みも食欲も消化機能もネギには合っとらんからだ、我輩はなんとしても貴君にこれを食ってもらいたい。

ピストル　[*2]ウェールズ王キャドワラダーのヤギ全部もらっても食わん。

フルエリン　(ピストルを殴る)ではこれがヤギ一頭ぶんじゃ。卑劣な悪党、これを食っていただけまいか?

ピストル　下賤なトロイ人め、死んでもらう。

フルエリン　よかろう、卑劣な悪党め、しょれが神のご意志となれば。だがしょれまでは貴君には生きておって、これを食物《しょくもつ》にしてもらいたい。(殴る)しゃあ、これが薬味じゃ。貴君は昨日《しやくじつ》我輩を山出し郷士《ごうし》と呼んだが、今日は我輩が貴君を谷底[*3]郷士と呼んでやる。お願いしましゅ、食え。ポロネギを馬鹿にできるなら、食うこともできる。

ガワー　そのくらいにしとけ、大尉、こいつ目を回してるぞ。

使う。ピストルはフルエリンを下に見る thou を使っている。

*2
Cadwallader　七世紀半ばのウェールズの王。サクソン人の攻撃からウェールズを守った。ヤギは、ピストルにとって山出しの人間を表すものらしい。山がちなウェールズからの連想か。

*3
ピストルがフルエリンを mountain-squire と呼んだので、山が高いことに掛けて I will make you today a squire of low degree.(今日は私があなたを低い程度=位階の郷士にする)と言っている。なお、中世の二行連句のロマンスに *A Squire of Low Degree* というのがあり、それにも掛けている。

フルエリン　いや、いしゃしゃかなりと我輩のポロネギを食わしえてやる。食わなければ四日間ぶっ通しでこやつのアタマをぶっ叩いてやる。――嚙め、お願いしゅる。貴君の生傷《なまきじゅ》と血だらけの頭によく効くぞ。

ピストル　嚙まなきゃ駄目か？

フルエリン　駄目に決まっとる、疑いない、疑問の余地はない、曖昧しゃは微塵《みじん》もない。

ピストル　このポロネギにかけて誓う、恐ろしい復讐をしてやる。*

――食うよ、食うったら――誓うぞ――

フルエリン　食え、お願いだ。そのポロネギにもう少し薬味《しゅこ》を利かしてしんじぇようか？　誓言《しぇいごん》に使うにはポロネギが足りないな。

ピストル　その棍棒を大人しくさせろ、見ろ、食ってるだろうが。

フルエリン　大いに貴君のためになるじょ、卑劣な悪党め、本当じゃ。おいおい、頼むから捨《しゅ》てるな。皮は貴君の頭の傷に効くのじゃ。この先《しゃき》またポロネギに会う機会があれば、お願いじゃ、ネギを馬鹿にしてくれ、話はしょれだけじゃ。

＊オックスフォード版はここに「Fluellen threatens him.（フルエリンは彼を脅す）」というト書きを入れ、アーデン3もそれを踏襲している。

ピストル　結構。

フルエリン　しょうとも、ポロネギの味は結構なのじゃ。待て、これをとっておけ、頭の治療代の一グロートじゃ。[1]

ピストル　なに、この俺にたった一グロート？

フルエリン　しょう、まっことしょのとおり、しょれとも我輩のポケットに入っとるもう一本のポロネギを食わしてしんじぇようか。

ピストル　その一グロートはもらっておく、復讐の前金としてな。

フルエリン　我輩が貴君に借りがあるというなら払ってやるぞ、この棍棒でな。貴君は材木屋《じゃいもく》になって我輩から棍棒だけ買い取ればよろしい。しゃらばじゃ、神が貴君を守り、貴君の頭を治してくだしゃいましゅよう。（退場）

ピストル　覚えてろ、地獄がひっくり返るような仕返しをしてやる。

ガワー　とっとと失せろ、この卑怯未練ないかさま野郎。[2]あんたは古来の伝統を馬鹿にするのか、先祖の勇敢な働きを記念してその名誉を讃えるために始まったんだぞ、おまけにあんたは自分で

＊1　There is a groat to heal yourpate.　一グロート硬貨は四ペンス。

＊2　ガワーもフルエリンと同じくピストルに対して丁寧な二人称youを使っている。

言ったことを何ひとつ実行する勇気もないではないか？　私はあんたがあの紳士をからかったり怒らせたりするのを何度も見た。あんたは、彼がイングランド人のように英語をしゃべれないからイングランドの棍棒を振り回すこともできないと思ったのだろう。大間違いだ、思い知れ、今後もウェールズ人に懲らしめられて、良いイングランド気質を教えてもらうがいい。さらばだ。（退場）

ピストル　運命を司《つかさど》る浮気なばばあめ、俺を袖にするのか？
女房のネル[*1]は病院で死んだそうだ、
フランス病[*2]のせいだってさ、
俺にはもう身を寄せる場所がなくなった。
寄る年波で弱り果てた足腰からは、名誉も棍棒で
叩き出された。しょうがない、またポン引きに舞い戻り、
手が早いのを生かしてスリでもやらかすか。
こっそりイングランドに帰ってコソ泥になってもいい。
棍棒で殴られたこの傷には膏薬《こうやく》を貼り
フランス遠征で受けた名誉の傷だと言い触らそう。（退場）

＊1　アーデン3他多くのモダンテクストがNellと校訂しているが、FではDollつまりフォルスタッフの愛人のドル・ティアシートになっている。実際、ドルは二幕二場で梅毒にかかって病院に入っていると言われている（四八―四九頁）。

＊2　of malady of France　フランス病とは梅毒のこと。当時イングランドでは梅毒の発生源はフランスだとされ、French disease とも呼ばれた。

二一一頁の注　＊1

第二場　フランスの王宮[1]

一方から、王ヘンリー、エクセター、ベッドフォード、ウォリック、グロスター、ウェスモランド、クラレンス、ハンティングドン[2]登場。他方からフランス王、王妃イザベル、王女キャサリン、その侍女アリス、ブルゴーニュ公爵[3]、その他のフランス側の人物たち登場。

王　我らが集うこの会談に平和を。
余の兄弟[4]フランス王と余の姉妹たる王妃に
健康と繁栄を。幸せへの願いと歓びを
余の麗しくも気高いキャサリンに。
そして、フランス王家に連なる一員として

*1
史実ではシャンパーニュ州トロワの王宮。一四二〇年五月二十一日、トロワの和約が交わされた。

*2
Huntingdon　Huntington と綴る版もある。この場にしか登場しない。王ヘンリーの遠縁で、ハーフラーの包囲戦とアジンコートの戦いに参戦したという。

*3
三幕五場（一〇七頁）と四幕八場（一九九頁）で言及されているブルゴーニュ公爵はここで登場するブルゴーニュ公の父。

*4
unto our brother France and to our sister　兄弟（brother）姉妹（sister）というのは王侯同士の相手への呼びかけ。血の繋がりはなくてもこう呼び合った。

この大いなる集いの開催に尽力してくれた
ブルゴーニュ公爵にも感謝の挨拶を送り、加えて
並み居るフランスの王侯貴族諸卿に健康を。
フランス王　ご尊顔を拝し恐悦至極《きょうえつしごく》です、
人望厚き兄弟イングランド王、よくおいでになった、
イングランドの貴族諸卿もようこそ。
フランス王妃　兄弟たるイングランド王、
この良き日とこのめでたい会合の結果に幸多かれと
祈ります。あなたの目は、これまでは、その視線に
射すくめられたフランス人にとって、
ひと睨《にら》みで人を殺すバシリスクの目にも
等しい致命的な弾丸でした。
その眼差しの毒が効力を失い、今日この日が
不幸や諍《いさか》いのすべてを愛に変えることを
ひたすら願うばかりです。
王　同感です、アーメン、私はそう言うためにここに来たのです。
フランス王妃　イングランドの貴族諸卿、ようこそ。

ブルゴーニュ　フランスおよびイングランドの偉大なる両陛下、
私は等しい愛をこめてお二方《ふたかた》に忠実にお仕えします。
これまで私は知恵と苦労と努力の限りを尽くし、
帝王たるお二方をこの裁決の場である頂上会見に
お出ましいただくべく働きました、それについては
強大なる両陛下が最もよい証人であられましょう。
私の務めがこれほど功を奏し、お二方が
お顔を合わせ、お目を交わしてご挨拶
なさったからは、私が両陛下の御前《ごぜん》にて
次のようにお尋ねしても無礼のそしりは免れましょう、
そもそもいかなる障害、いかなる不都合があって、また
何ゆえに、諸芸の乳母であり豊穣と歓びの母である
平和が哀れにも裸にされ、傷だらけにされて
世界最良の庭園である我らの肥沃なフランスが
その愛らしい面ざしを伏せてしまったのか？
悲しいかな、平和はあまりに長い間フランスから追放され、
その作物はすべて大地に放置されたまま

腐り、肥えた堆肥《たいひ》となっております。
ワインになり人の心を浮き立たせるべき葡萄は
摘み取られぬまま死に、いつもはきれいに刈り込まれる
生垣も、頭髪が伸び放題の囚人のように
乱雑に小枝を伸ばしています。休耕地には
*ドクムギ、ドクニンジン、茂り過ぎたカラクサケマンなどが
根を張り、そのような雑草を抜こうにも
鋤《すき》はすっかり錆びてしまった。
なだらかな牧場には、以前はクリンソウやワレモコウや
緑のクローバーなどの可憐《かれん》な草花が一面に咲いて
おりましたが、いまは鎌《かま》を入れることもなく、手入れも
されずに荒れ果てて、はびこっているのは嫌われ者の
スカンポ、野アザミなど棘《とげ》やイガだらけの草木ばかりで
美しさを失い、役立たずの荒れ地になり果てました。
葡萄畑や休耕地、牧場や生垣は、放っておけば
荒れるのが常ですが、それと同じく
我々の家庭も、我々自身も、子供たちも、

＊ darnel, hemlock, and rank fumitory 「ドクムギ、ドクニンジン、茂り過ぎたカラクサケマン」、熊井明子著『シェイクスピアのハーブ』によれば、「ドクニンジンとドクムギは毒草だが、使い方によっては薬となるし、カラクサケマンやゴボウやイラクサは薬効がある」。

我々の国を飾るべき学芸を捨て、
時間がないからと言って学ぼうともせず、
野蛮人同然の体《てい》たらく、ちょうど流血のことしか
頭にない兵士のように、悪口雑言《あっこうぞうごん》を吐き散らし、
恐ろしい顔をし、服もだらしなく着崩して、
することなすこと万事が自然に背く様子をしている。
このような状態を正し、元の姿に戻すため
皆様方にお集まりいただきました。そこで私が
うかがいたいのは、心優しい平和がなぜこれらの
害悪を排除しないのか、なぜ昔のように我々を
祝福してくれないのかということです。

王　ブルゴーニュ公爵、もしあなたが平和を望むなら、
その欠落のせいで、いまあなたがおっしゃった
不都合が生じているのだが、あなたは余の正当な要求のすべてに
全面的に同意し、その平和を買わねばならない。
要求の総論と各論を記した書面が

お手元に届いているだろう。

ブルゴーニュ　我が国王はすでにお聞き及びです、お返事はまだ承《うけたまわ》っておりませんが。

王　ほう、では、先ほどあなたが必要性を力説した平和は王のお返事の中にあるわけだ。

フランス王　私はご要望の各項目にはさっと目を通しただけなのだ。陛下さえよろしければ、ただちに審議会の委員をお選びいただきたい、余も改めて同席し、細部にわたるまで検討しよう、そのうえで速《すみ》やかに当方の受諾に関し最終的な回答をお出しする。

王　兄弟よ、余に異存はない。ではエクセターの叔父上、そして弟クラレンス、お前たちもだ、弟グロスター、ウォリック、ハンティングドン、王にご同行するように、当方の要求に含まれること、あるいは足りない点など何であれ批准《ひじゅん》、追加、変更する自由な権限を与えるから、諸卿の叡智《えいち》を最大限に働かして、

余の尊厳を有利に保つようはからってくれ、
余はそれに従うつもりだ。――美しい姉上、
あなたも同行なさいますか、それとも余と共にここに？

フランス王妃　我が兄弟、私も皆様とご一緒に参ります。
細かい条項へのこだわりが妨げになった場合、
女の意見が何かしら役に立つかもしれません。

王　しかし余の従妹とも言うべきキャサリンはここに残してください、
姫こそ余の要求の筆頭であり、
もっとも重要な項目なのだから。

フランス王妃　姫には残ることを許します。

（王とキャサリンと[*1]アリスを残し、一同退場）

王　美しいキャサリン、こよなく美しい人、
ある兵士に教えていただけないでしょうか、
貴婦人の耳に入り、
その人の優しい心に訴えて愛を求める言葉を。

キャサリン　陛下は私をお笑いになります。私、あなたの英国話[*2]

＊1
Fのト書きではアリスは入れていないが、参照したすべてのモダンテクストにはand Aliceとある。

＊2
I cannot speak your England. キャサリンはEnglish（英語）と言うべきところをEngland（英国）と言ってしまった。

すことできません。

王 ああ、キャサリン、もしあなたがフランスの心で真っ直ぐ愛してくれるなら、私は喜んで聞きましょう、いくらたどたどしい英語でも。私が好きですか、ケイト？

キャサリン Pardonnez-moi.（失礼）、「わたしがすき」なにか分かりません。

王 天使はあなたが好きなのだ、ケイト、そしてあなたは天使のようだ。

キャサリン（アリスに）Quedit- il, que je suis semblable à les anges?（何と言っているの、私が天使のようだと？）

アリス Oui, vraiment, sauf votre grâce, ainsi dit-il.（はい、その通りです、姫様、王はそう言いました）

王 私はそう言った、愛しいキャサリン、そう言い張るのを恥とは思わない。

キャサリン O bon Dieu, les langues des hommes sont pleines de tromperies!（ああ、良き神よ、男の言葉は嘘ばかり！）

王 姫は何と言ったのだ、美しい方？ 男の言葉は嘘ばかりだ ＊1

と？
アリス　ウィ、男の言葉は嘘ばかりです、[*1]それ姫様です。
王　そう言えるだけで姫は押しも押されもせぬ英国女性だ。じっさい、ケイト、私の求愛の言葉は[*2]君の英語力に見合っている。君があまりうまく英語を話せなくてよかったよ。うまかったなら、君は私が自分の農地を売り払って王冠を買った百姓上がりの王だと思うだろう。私は上品ぶった口説き文句は苦手だ、ぶっきらぼうに「あなたを愛している」としか言えない。だから「本当に私を愛してくれるか？」という問い以上のことを言えと迫られても、私にはもう手がない。答えを聞かせてくれ、頼む、そうすれば握手して婚約成立だ。どうです、姫？
キャサリン　Sauf votre honneur（失礼ですが）、私よく分かります。
王　仮に[*3]詩を書けとかあなたのためにダンスを踊れと言われたなら、ケイト、ああ、私はお手上げだ。[*4]詩のほうは、言葉が貧弱だし脚韻も踏めない。ダンスとなるとステップが踏めない。もっとも脚力はあるし戦いの場《ば》数《かず》は踏んでいる。馬跳びとか、甲冑をつ

Dat is de Princess.　アリスの英語は変、th サウンドはすべて d と発音する。
＊2
ここから王はキャサリンに対して親しみをこめた二人称 thou（thy, thee）を使う。時には丁寧で距離を置く you を使うことがあるが。
＊3
この長台詞では you を使っている。
＊4
For the one, I have neither words nor measure（韻律・詩脚）, and for the other I have no strength in measure（スローなダンス）, yet a reasonable measure in strength（相当な体力）. 意味を移しながら measure という語で遊んでいる。

けたまま鞍に跳び乗るとかで女性が勝ち取れるなら、自慢するわけではないが、あっという間に妻に突進してみせる。あるいはもし、恋人を巡って殴り合いをするなら、私は屠殺人のように恋敵《こいがたき》を叩きのめすだろうし、恋人の心を得るために私の馬を棹立《さおだ》ちさせろと言われたら、曲芸の猿のように馬の背に跨《またが》って決して落ちないだろう。だが、ケイト、神の前に誓うが、私には恋わずらいの若者のようにじっと見つめることも、熱い想いをため息混じりに吐露することも、重々しく言葉巧みに愛の宣言をすることもできない、私にできるのは単刀直入に誓うことだけだ。それも無理強いされなければ誓わないが、いったん誓えばどんなに無理強いされても破らない。*君がもしこんな気質の男でも愛せるなら、ケイト、顔は真っ黒でこれ以上日焼けできないほどだし、鏡を見ても自惚《うぬぼ》れのもとになるところは一つもない、そんな男でも愛せるなら、君の目で料理して味わってくれ。軍人らしく飾らぬ言葉で言おう、こんな僕でも愛せるなら、僕を受け取ってくれ。だめなら僕は死ぬ、それは本当だ。だが、神かけて、君に失恋したから死ぬのではない、それでもやはり君を愛している。だから君も生

＊ここからのキャサリンに対して使う二人称は再びthouになる。

きているうちに、愛しいケイト、飾り気がなくて目移りしない忠実な男を受け取ってくれ、その男は君ひとすじにならざるを得ないんだ。だってそいつにはよそで女を口説くなんて芸当はできないからね。それができる口のうまい連中は思いの丈を詩に書いて女心に入り込むが、いつもうまいこと理屈をつけて女から逃げ出す。要するに雄弁家はおしゃべりにすぎず、恋の詩も流行歌《はやりうた》と同じだ。きれいな脚もいずれしなびるし、真っ直ぐな背筋《せすじ》もいずれ曲がる。黒々とした髭《ひげ》もいずれ白くなるし、巻き毛の頭もいずれは禿げる。美しい顔もいずれ皺くちゃになり、つぶらな瞳もやがて落ちくぼんで虚ろになる。だが良い心はね、ケイト、太陽であり月なのだ、いやむしろ太陽であり月ではない、だって太陽は明るく輝き決して変わらないし、自分の軌道を忠実に守るんだから。もし君がそういう男を望むなら、僕を受け取ってくれ。僕を受け取り、一兵士を受け取ってくれ、一兵士を受け取り一人の国王を受け取ってくれ。ねえ、僕のこの愛に君はどう答えてくれるかな？　聞かせてくれ、僕のいい人、いい返事を、お願いだ。

キャサリン　フランスの敵を愛すること、私に可能ですか？

王 いや、あなたがフランスの敵を愛するのは不可能だ、ケイト。[*1] しかし私を愛するのはフランスの友を愛するということだ。私はフランスを深く愛している。だから、その村ひとつすら手放したくない、ぜんぶ私のものにしたい。そしてケイト、フランスが私のものになり、私があなたのものになれば、その時こそフランスはあなたのものになり、あなたは私のものになる。

キャサリン 私それが何か分かりません。

王 分からないの、ケイト? じゃあフランス語で言おう、[*2] もっとも僕のフランス語は新婚ほやほやの妻が夫の首にすがりつくように、僕の舌にからみついて離れないに決まっている。Je, quand j'ai le possession de France, et quand vous avez le possession de moi (私がフランスを所有し、あなたが私を所有するとき、私は) ——ええと、それから? フランスの守護神サン・ドニよ、助けたまえ!—— donc votre est France, et vous êtes mienne. (だからフランスはあなたのものになり、あなたは私のものになる) ああ、ケイト、あとこれと同じくらいフランス語を話すより、この王国全土を征服するほうがずっと簡単だ。僕に

*1 この台詞では you に戻り、少し距離を置く。

*2 I will tell thee in French. ここからまたキャサリンに対する二人称は thee になる。

はフランス語で君を動かすのはぜったい無理だ、笑わせることはできるだろうが。

キャサリン　Sauf votre honneur, le français que vous parlez, il est meilleur que l'anglais lequel je parle.（失礼ですが、あなたの話すフランス語のほうが私の話す英語より優れています）

王　いや、そんなことはない、ケイト、だが君が話す私の母国語と私が話す君の母国語は、間違いだらけだが誠実だという点でまったく同じだとみなされるに違いない。でもケイト、これくらいの英語は分かるだろう？「君は僕を愛せるか？」

キャサリン　私、分かりません。

王　君に分からなくてほかの誰に分かるんだ、ケイト？　誰かに聞きたいものだ。いいかい、僕には分かる、君は僕を愛している。*今夜、自分の部屋に戻ったら、あなたはこの侍女に私の印象を訊くだろう。私には分かる、ケイト、あなたは心から愛している私の美点をわざとけなすだろう。だけど、ケイト、いい人だね、僕を笑いものにするにしても、お手柔らかに頼むよ。僕の君への愛は、優しい姫、手加減できないほど激しいんだから。もし君が僕

＊　ここからは you になる。

のものになってくれるなら、心の中ではきっとそうなるという声が聞こえるのだが、僕は戦争で戦って君を手にいれたことになる。だから君はきっと優れた軍人を産む母になるだろう。君と僕とでそれぞれの国の守護聖人、聖ドニと聖ジョージのご助力を得て、フランスとイングランドの血を半々に受け継いだ男の子を作ろう。その子はやがてコンスタンチノープル[*1]に遠征し、トルコのスルタンの髯《ひげ》をつかんで捕虜にするだろう。そうしないか？　君はどう思う、僕の美しい白百合姫[*2]？

キャサリン　私、それ分かりません。

王　そうか、分かるのはこれからだ、今は約束してくれればいい。ただひと言、ケイト、あなたが最善を尽くしてその男の子のフランスの部分を作り、あと半分のイングランドの部分のために、王であり若い男である私を受け取ると約束してくれ。さあ、どう答えてくれるかな、la plus belle Katherine du monde, mon trés cher et divin déesse（この世で最も美しいキャサリン、私のとても大切で神聖な女神）？

キャサリン　陛下はフランスで最も貞淑なマドモワゼルを騙すの

*1
史実ではヘンリー五世の没後三十一年に当たる一四五三年まではコンスタンチノープルはトルコ人に占領されてはいなかった。

*2
my fair flower-de-luce　白百合（フランス語の綴りは fleur-de-lis）は一一四七年以降フランス王家の紋章で、フランスのシンボルでもある。

に十分な偽物のフランス語を持ちます。

王　ええい、もう偽物のフランス語はごめんだ！　僕の名誉に懸けて、真《まこと》の英語で言おう、愛しているよ、ケイト。同じ名誉にかけて、君が僕を愛していると言い切る自信はない。だが、自惚れだろうか、どうも君に愛されているような気がしてならない――女にはもてそうもないこんな情けない顔だけれど。ああ、父の野心がうらめしい！　僕の種《たね》を生みつけた時の父は、内乱のことしか考えていなかった。だから僕は生まれつき鉄のようにごつい面相なのだ。女性を口説こうとすれば怖がられる。だが、ケイト、僕は年を取るにつれて見た目もましになるはずだ。せめてもの慰めは、美貌を皺にたくしこんで台無しにする老齢も、僕の顔をこれ以上駄目に出来ないということだ。君が夫として手に入れるのは、僕を夫にしてくれたとしての話だが、最悪の状態の僕だ。それに、この先ずっと一緒に過ごせば、僕と一緒に過ごしてくれたとしての話だが、僕は良くなる一方だ。だから、美しいケイト、言ってくれ、僕を受け取ってくれる？　処女の恥じらいは捨てて、女帝の面持ちで心の思いを宣言し、私の手を取ってこう言うのだ、

「イングランドのハリー、私はあなたのものです」と。その言葉が私の耳を祝福するやいなや、私は声を大にして言おう、「イングランドは君のものだ、アイルランドも君のもの、フランスも君のもの、そしてヘンリー・プランタジネット[*1]も君のものだ」と。そのヘンリーは、本人に面と向かって言うのは気が引けるが、この世の最高の王と肩を並べるほどではないにしても、良き人々の中では最高の友だと分かるだろう。さあ、君の答えを混声合唱風[*2]に聞かせてくれ、だって君の声は音楽だし、その声に乗った言葉は英語とフランス語が混ざっているからね。だから万物の女王キャサリン、君の気持ちを片言英語で語ってくれ、僕を君のものにしてくれるかい?

キャサリン　それ、le roi mon pére（私の父王）がよければ、よいです。

王　いやあ、父上はいいと言うよ、ケイト。いいと言うに決まっている、ケイト。

キャサリン　では私もよろしいです。

王　そう聞いたら、お次はその手にキスして、あなたを私の妃と

＊1　Henry Plantagenet　Plantagenet家は十二世紀から十五世紀までのイングランド王族。

＊2　Come, your answer in broken music, for thy voice is music and thy English broken.　ヘンリー王はbrokenという語で遊んでいる。「あなたの答えをブロークン音楽で」と言っているが、broken musicとは「パートが何部かに分かれた音楽」のこと、broken Englishは現代でも「ブロークン・イングリッシュ」と言うように「片言の英語、たどたどしい英

呼ぶ。
キャサリン　Laissez, mon seigneur, laissez, laissez! Ma foi, je ne veux point que vous abaissiez votre grandeur en baisant la main d'une de votre seigneurie indigne serviteur. Excusez-moi, je vous supplie, mon très-puissant seigneur.（陛下、放してください、放して、放して！　本当に、陛下が陛下にふさわしくないしもべの手にキスをなさり、陛下の尊厳をなくしてしまうことを私はまったく望んでいません。お許しください、畏れ敬う我が陛下）
王　それならあなたの唇にキスしよう。
キャサリン　Les dames et demoiselles pour être baisées devant leurs noces, il n'est pas la coutume de France.（身分の高い女性が結婚前にキスするのはフランスの習慣ではありません）
王　私の通訳さん、姫は何と言っているのだ？
アリス　それ、フランスの女性の習慣でありません。私、ベゼを英語でなにと言うか知りません。
王　キス。
アリス　陛下は私よりよく分かります。

語、文法的に間違った英語」のこと。この遊びは次行にも続く。Therefore, queen of all, Katherine, break thy mind to me in broken English.

王　フランスには娘たちが結婚前にキスする習慣はない、姫はそう言いたいのか?

アリス　Oui, vraiment.（はい、そのとおりです）

王　ああ、ケイト、小うるさい習慣も偉大な王には屈服する。愛しいケイト、あなたと私は一国の習慣という貧弱な囲いに閉じ込められるような人間ではない。ケイト、私たちは作法の作り手であり、私たちの地位に伴う自由はうるさ方の口を一つ残らずふさぐのだ、ちょうどフランスの小うるさい習慣を振りかざしてキスを拒むあなたの口をこうしてふさぐように。だから大人しく言うことをきいて——。（キスをする）あなたの唇には魔力があるんだね、ケイト。唇の甘い触れ合いはフランスの顧問官の舌より雄弁だ、全君主が署名した請願状よりあっさりイングランドのハリーを説得してしまう。あなたの父上がおみえだ。

*フランスの権力者（フランス王と王妃、ブルゴーニュ公）、イングランドの貴族たち（エクセター、ウェスモランド）登場。

* Fのト書きはEnter the French Power and the English Lords.（フランス

ブルゴーニュ　神よ、陛下を守りたまえ！　陛下は我らの姫君に英語を教えておいでですか？

王　やあ、公爵、私がどれほど完璧に姫を愛しているか、それを教えたかったのだ、それがいい英語だ。

ブルゴーニュ　姫は覚えが速いでしょう？

王　我々の言語は粗野だし、私の気質は粗削《あらけず》りなので、私にはお世辞を言う声も心も持ち合わせがない。だから姫のなかに愛の精を呪文で呼び出すことも、愛の精にありのままの姿をとらせることもできないのだ。

ブルゴーニュ　お許しいただいて、浮かれた開けっぴろげな言い回しでお答えしましょう。*呪文で姫のなかに愛の精を呼び出そうとなさるなら、輪を描《か》かねばなりません。その輪のなかに愛をありのままの姿で呼び出すなら、愛は目隠しをした裸のキューピッドの姿で現れるはずです。そうなったとき、処女である姫は慎ましく顔を赤らめ、目隠しをした裸の少年を見ることも、なかに迎え入れることも拒むかもしれない、そんな姫をお咎《とが》めになれますか？　そういう条件に同意するのは処女にとってはきついことで

の権力者とイングランドの貴族たち登場）。アーデン3もこれを踏襲しているが、ニュー・ケンブリッジ版、オックスフォード・スクール・シェイクスピア版を取り入れた。

＊この台詞には卑猥な意味が多く隠れている。例えばa circle（輪）は女性性器。

す。

王　だが娘たちは目をつぶって言うことを聞くぞ、愛は盲目で無理を押し通すからな。

ブルゴーニュ　自分たちがしていることが見えないときは、陛下、それも許されます。

王　では公爵、あなたの従妹に目をつぶって承諾するよう教えてくれ。

ブルゴーニュ　では陛下、私は片目をつぶって姫に承諾するよう合図しましょう、陛下が姫にその意味をお教えくださるなら。大事に贅沢に育てられたのに色気づいてきた娘は、いわば八月末の*聖バーソロミュー祭ごろのハエ、目はついていても何も見えません。そうなったらこっちのもの、ハエは捕まって何をされようと我慢します、以前は見られるのもいやだと言っていたくせに。

王　その喩《たと》えの教訓は、私に暑い夏まで待てということだな、そして夏の終わりにはあなたの身内のハエを捕まえることができ、その時には彼女も盲目になっている、と。

ブルゴーニュ　愛する者が前にいると愛は盲目になる、それと同

＊ Bartholomew-tide　聖バーソロミュー（バルトロメオ）の祭日は八月二十四日。夏の真っ盛りでハエの動きは鈍くなるとされた。

じです。
王　そのとおり、あなた方の何人かは私を盲目にした愛に感謝していい、私の前に立ちはだかる美しいフランス娘のせいで、多くの美しいフランスの都市が見えなくなったのだから。
フランス王　そうだ、陛下、あなたはだまし絵を見るように[*1]フランスの街々が一人の娘に変わるのをご覧になっている。何しろどの街も一度として戦争に犯されたことのない処女の城壁に囲まれているのだから。
王　ケイトを私の妻にしたいのだが？
フランス王　そうお望みなら。
王　私に異存はない、あなたの言われる処女の街々が姫の侍女と[*2]して付き添ってくれるなら、そして、私の願望の前に立ちはだかった娘が私の欲望への道を示してくれるなら。
フランス王　筋の通った条項はすべて承認ずみだ。
王　そうなのか、イングランドの諸卿？
ウェスモランド　フランス王はすべての条項をお認めになりました。

＊1
You see them perspectively, the cities turned into maids.　この perspectively を「だまし絵を見るように」と訳した。これは歪像とも言われるアナモルフォーズのこと。見る角度を変えると、正面からは見えなかったものが姿を現す。アナモルフォーズを取り入れた絵画で有名なのは、ハンス・ホルバインの「大使たち」。蒲池美鶴著『シェイクスピアのアナモルフォーズ』（研究社出版）参照。『リチャード二世』二幕二場にも perspectives が出てくる（ちくま文庫版七五頁）。

＊2
そういう都市がキャサリンの持参金になるなら、ということ。

まずご息女の件、それに続くすべての件を、
各条項に提示された意図のとおりに。
エクセター ただし一条項だけまだご同意をいただいておりません。陛下のご要求では、フランス王は土地の授与や叙勲の際には必ず陛下のお名前を入れ、フランス語で「我が親愛なる息子ヘンリー、イングランド王、そしてフランスの王位継承者」と、またラテン語で「令名高き我が息子ヘンリー、イングランド王、そしてフランスの王位継承者」[*1]と書き添えることでございます。
フランス王 兄弟よ、私はそれを拒否したわけではない、あなたからの要請があれば文句なく承諾するつもりだ。
王 ではお願いします、愛と変わらぬ同盟の名において、その一条項を他の条項に加えてください、そして、是非ともあなたのご息女をいただきたい。
フランス王 妻にしなさい、立派な息子よ、そして娘の血から私のために子孫を生み出してくれ、今は敵対する二王国フランスとイングランドは、互いに相手の幸福をうらやみ、向かい合う岸壁[*2]も蒼白の面持ちだが

*1 原文では、フランス語の文言として Notre trés cher fils Henri, roi d'Angleterre, héritier de France; とあり、ラテン語の文言は Praeclarissimus filius noster Henricus, rex Angliae et haeres Franciae. とある。

*2

今後は憎みあうことをやめますよう、そしてこの貴い縁組が
両国の優しい胸に隣人愛とキリスト教徒ならではの調和を
植え付け、戦争が英仏両国のあいだに
血をしたたらせる剣を押し進めませんよう。

貴族たち　アーメン。

王　さあおいで、ケイト、そしてご一同を証人に立て、
私はここに我が至高の王妃としての姫に口づけします。

（キスする。ファンファーレ）

フランス王妃　すべての結婚の最良の作り主であられる神が、
あなたたちの心を一つに、あなたたちの王国を一つに結びますよう！
夫と妻が、二人でありながら愛において一つであるように、
あなたたちの王国の結びつきがそのような結婚でありますよう、
その結果、祝福された結婚のベッドをしばしば脅《おびや》かす
悪意ある介入や致命的な疑念が
二つの王国の契約に割って入り、
固い同盟に離婚をもたらしませんよう。

（Of France and England.）whose very shores look pale...　共に白亜の岸壁のあるドーヴァー（イングランド）とカレー（フランス）のこと。

イングランド人はフランス人として、フランス人はイングランド人として、お互いを迎え入れますよう。神もこれにアーメンと唱えられますよう！

一同 アーメン！

王 結婚の準備に取り掛かろう。その日にはブルゴーニュ公、そしてすべての貴族諸卿には、我らの同盟を保証する誓約を立ててもらう。それから私はケイトに結婚を誓い、あなたも私に誓うのだ、我らの誓約が堅く守られ、立派な成果を生みますよう！

（ラッパの吹奏。一同退場）

エピローグ

コーラス登場。

コーラス　ここまで、粗雑で覚束《おぼつか》ないペンによって、
我らが作者は呻吟《しんぎん》しつつ物語を綴ってまいりました。
小さな空間に強大な人々を閉じ込め、
栄光に満ちた彼らの人生行路をぶつ切りにして。
短い＊あいだでした、だがその短いあいだに、このイングランドの星
ヘンリー王は偉大な生涯をまっとうしました。運命は王の剣を鍛《きた》え、
その剣によって王は世界最高の庭園たるフランスを獲得し、
世継ぎの王子である息子に遺しました。

＊ヘンリー五世は三十五歳で死んだ。

ヘンリー六世は、産着《うぶぎ》にくるまれたままフランスと
イングランドの王冠を戴き、王位を継いだのです。
あまりにも多くの者が国家の統治に関わったため
フランスは失われ、イングランドも血を流しました、
その顚末《てんまつ》は幾度も私どもの舞台でお目にかけました、*
この芝居も前作同様ご贔屓《ひいき》のほどを願い上げます。

（退場）

* 『ヘンリー六世』三部作のこと。

訳者あとがき

『ヘンリー五世』は『ヘンリー四世』に直結している。劇内の時間の流れにおいても、劇の状況やプロットの進行においても。

『ヘンリー四世』第二部は、ハル王子が王位に就き、ヘンリー五世として統治を開始するところで終わっている。史実で言えば戴冠式が行われた一四一三年四月九日。そして『ヘンリー五世』は彼の即位二年後の一四一五年から始まる。

前作で臨終の迫ったヘンリー四世は、「内乱の打撃を受け続け、病み衰えた哀れな我が王国」を憂え、ハル王子に「最後の助言（the very latest counsel）」を言って聞かせるのだが、そのなかで「反抗的な勢力はもっぱら海外遠征に／送り出すようにしろ。国外の戦いに従事していれば／過去の記憶は薄れるものだ（Be it thy course to busy giddy minds/ With foreign quarrels, that action hence borne out/ May waste the memory of the former days.）」と言う（『ヘンリー四世』第二部、四幕五場、ちくま文庫版四〇一頁）。『ヘンリー五世』の中軸である対フランス戦は父王のこの助言、と言うより遺言、の実践実行と言える。現に『ヘンリー四世』第二部の幕切れ、五幕五場で、即位したばかりの王の弟ランカスター公ジョンは、「これまで内乱に向けられていた／兵力や士気が年内にフランスに向けられるのは／間違いない」と言っているのだから。

ヘンリー四世の、いま引用した「助言」を読んで訳したとき、ほとんどゾッとしたことを思い出す。「これ、古今東西の為政者がやってきた常套手段じゃない！」と。国内の不満を抑えつけるために外敵を見つけて（あるいは作り出して）そこに国民の目を向けさせるという政略は、今日でも世界のあちこちで見受けられるではないか。

もっとも、giddy mindsを「反抗的な勢力」としたのは訳しすぎと思われるかもしれない。giddyという形容詞の意味は元々「めまいがする、めまいを起こさせる」だからだ。だがそれが伸長拡大してunstable（不安定な、動揺する、変動しやすい）とか、restless（落ち着かない、休ませない、満足していられない）という意味を持つようになった。そこで、時代背景を読み込んでこのように訳した。つまり、ヘンリー四世としてもシェイクスピアとしても、giddy mindsと言った時、脳裏に浮かんだのはどういう者たちか、イングランド国内とその周辺諸国両方における「不満分子」ではなかったか、と思ったのだ。

と、ここまでは『ヘンリー四世』のハナシ。

『ヘンリー五世』を訳し始めて、早い段階で「あっ」と息を呑んだ。それは一幕二場で王がフランス侵攻と同時に対スコットランド防衛にも兵力を割かねばならないと言うくだり。「当てにならない隣人」という訳を当てた箇所だ。原文はgiddy neighbour!、王ヘンリーがスコットランドをそう呼ぶのだ（三〇頁）。『ヘンリー四世』第二部の父王の「助言」と

giddy でつながる！　この語はシェイクスピアの全戯曲でたった二十八回しか使われていない。シェイクスピアが極めて意識的にこの父子に giddy を使わせていると見てよくはないか？

そこで、ヘンリー四世の「助言」のこの部分にネタがあるのどうかが俄然気になってきて、シェイクスピアが下敷きにしたとされる材源（sources）に当たってみた。結果、これはホリンシェッドにも、エドワード・ホールの『ランカスター、ヨーク両名家の和合（*The Union of the Two Noble and Illustre Families of Lancaster and York*）』（一五四八）にも、作者不詳の戯曲『ヘンリー五世の名高い勝利（*The Famous Victories of Henry the Fifth*）』（一五九八）にもない。サミュエル・ダニエルの『ランカスター、ヨーク、二名家間の内乱の最初の四部（*The First Fowre Books of the Civil Wars Between the Two Houses of Lancaster and York*）』にも、ジョン・ストウの『イングランド編年史（*The Annals of England*）』（一五九二）にもない。ここに挙げたどれにも、ハル王子が父王の枕辺から王冠を持ち出したことや、王との和解などのエピソードはあるにもかかわらず。ストウにいたっては、死を目前にした王は延々と訓戒めいたこと（たとえば「弟クラレンス公トマスとの間に不和を起こしてはならぬ」「神を畏怖しろ」「平穏な治世を心掛けろ」）を語るのだが、そこにこの「政略」の言葉はないのだ。私が当たったかぎりネタはない――見落としがあるかもしれない、どこかに元ネタがあるかもしれない。あったらお教え願いたい――ので、シェイクスピアのオリジナルだと思われる。今は、シェイクスピアの慧眼、恐るべし、と言っておこう。

という訳で、ヘンリー五世は父の助言どおりに giddy neighbour たるスコットランド人を含む giddy minds を集めてフランスに遠征する。一見すると、対フランス戦の王軍はイングランド、ウェールズ、スコットランド、アイルランドの連合軍で、彼らが一致団結してヘンリー五世に従うという構図である。だがその内実はどうか。

スコットランドについては、本作の冒頭一幕二場で、フランス侵攻を目論みつつ王自らが「スコットランドの総攻撃を恐れ」、スコットランド人を「常に当てにならない隣人だった」と言い、曾祖父エドワード三世の時代からの「悪しき隣人（th'ill neighbourhood）」だと断じている（三〇～三一頁）。

ウェールズはどうかと言えば、ヘンリー四世はその治世の間じゅうウェールズの豪族オーウェン・グレンダワーの度重なる叛乱に悩まされてきた。

そしてアイルランド。ヘンリー・ボリングブルック（のちのヘンリー四世）の従兄弟であるリチャード二世は、アイルランドで起きた叛乱を鎮圧するために遠征し、追放されていたボリングブルックはその間に帰国して王位を襲うのだった（ちなみに十二歳のハル王子はこの時リチャード二世と行動を共にしたそうだ。少年時代のハルは父と過ごすよりもリチャード二世と過ごすほうが多かったという。王位に就いて真っ先にしたのがリチャード二世の遺体を丁重に埋葬し直すことだったというヘンリー五世の言葉には、そんな親愛の情が汲み取れる）。

フランス遠征でヘンリー五世が率いたのはイングランド兵、ウェールズ兵、スコットランド兵、アイルランド兵の連合軍。だがその実態は「連合」どころか「寄せ集め」ではないかと思わせるのが三幕二場である。登場するのは明らかにイングランド人であるガワー（ロマンス劇『ペリクリーズ』に語り手として登場する十四世紀イングランドの詩人、ジョン・ガワーを思い出そう）、ウェールズ人フルエリン、スコットランド人ジェイミー、そしてアイルランド人マクモリスである。

ジョナサン・ベイトはその著書『シェイクスピアの天賦の才（*The Genius of Shakespeare*）』で次のように述べている。

『ヘンリー四世』第一部がスコットランド（ダグラス一族）やウェールズ（オーウェン・グレンダワー）で起きている叛乱で始まった一方、『ヘンリー五世』は全ブリテン諸島が一丸となって対フランス戦に臨む。ヘンリー王の軍隊に含まれるのは、イングランド（ガワー）、ウェールズ（フルエリン）、スコットランド（ジェイミー）、アイルランド（マクモリス）を代表するカルテットである。しかし我々は、この戯曲がこれらの四つの国家の統合を寿《ことほ》いでいると確言することはできない。なぜならフランスへの遠征中、ヘンリー王の軍隊は決して統合されてはいないからだ。特にアイルランド人のマクモリスは、仲間はずれであり、愛想の良いフルエリンとすら和気藹々とはゆかないのだ。

（九四頁）

また、ニュー・ペンギン版の序章には「フルエリンは（イングランドに）最も同化したケルト人大尉」だとある（lx〜lxi頁）。彼はウェールズのモンマス生まれのヘンリー五世に強い親近感を抱いている。最も同化していないアイルランド人であるマクモリスがフルエリンに噛み付くのもむべなるかな。

作家の古川日出男氏は、二〇一八年十月二十六日付けの毎日新聞朝刊の「『明治150年』の意味」と題するオピニオン・ページで、福島県出身者の視点から「東北は、日本の国境線の内側において『単一ではなく雑多なままの統合』を考えられる土地だ」と示唆し、「東北は歴史上、中央に繰り返し統合される『敗者』だった」と言っている。これはこのまま「アイルランド、スコットランド、ウェールズは歴史上、イングランドに繰り返し統合される『敗者』だった」と言い換えられるのではないか。

シェイクスピアの英国史劇において、イングランドに見下されているアイルランドは、日本で言えば薩長に睨まれた会津だと思ってきた私は、勝手な思い込みだと難じられるのは覚悟のうえで、マクモリスのお国訛りを福島弁ふうにしたのだが、この古川氏の発言に意を強くした。むろん私に正しい福島弁など使えるはずもなく、『方言辞典』片手のインチキではあるけれど。

フルエリンに「この軍隊には貴君の国の同胞アイルランドの兵士はあまり大勢はおらんようだが（...there is not many of your nation.）」と言われたマクモリスの、「オラの国とはなんだべ？（What ish my nation?「ish」は「is」のアイルランド訛り）という切り返しには激しい怒りがこもっている。それまでのイングランドとの関係を考えると、王軍に加わったアイルランド人兵士の数は本当に少なかったかもしれない。それにひきかえ、アジンコートの戦いにおけるウェールズ軍の長弓隊の目覚ましい活躍は史実としても残っており、ローレンス・オリヴィエやケネス・ブラナーの映画でも描かれている。また、『リチャード二世』ではリチャード王がアイルランド討伐戦でウェールズ軍を頼っていたことも語られている（二幕四場、ちくま文庫版九七〜九九頁）。

シェイクスピアには明らかにマクモリスへの思い入れがあると感じられる。アイルランド人の心情をマクモリスの口を借りて代弁していると思えるのだ。これは、本作が書かれた時代を考えると勇気ある稀有な姿勢と言う他ない。この戯曲が書かれたのは、第五幕のコーラスにあるように「慈悲深い我らが女王陛下の将軍が、／……アイルランド討伐を終え、反逆者どもを／剣の先に串刺しにして凱旋なさる」のをイングランドが待ち望んでいた時期。つまりエリザベス一世の寵臣エセックス伯が、アイルランドの叛乱を鎮圧して帰国することが熱望されていた時期なのだ。そんな時によくこんなこと書いたなあ、と感嘆せずにいられない。

シェイクスピアの本作における文体への挑戦についても触れておこう。

シェイクスピアが登場人物にそれぞれ独自の言葉の癖を与えた作品の代表は『ウィンザ

ーの陽気な女房たち』だと思うのだが（ちくま文庫版「訳者あとがき」参照）、『ヘンリー五世』でも何人もの人物がお国訛りを含む言語的特徴を有し、独自の話し方をする。ピストルの古めかしい芝居掛かった物言いや、女将クイックリーのマラプロピズム（おかしな言い間違い）は健在だし、ニムの「てな気分なんだ（that is the humour of it）」という口癖は『ヘンリー四世』第二部や『ウィンザーの……』のころと同じ。後者に登場するウェールズ人の牧師サー・ヒュー・エヴァンズと本作のウェールズ人大尉フルエリンの話しぶりには共通する癖がある。たとえばd↔t、ou↔u、p↔b、f↔vなどを入れ替えて発音する、単語の頭のwは落とす、といった訛りがある。名詞、動詞、形容詞などの混同使用、抽象名詞にもsをつけて複数形にする、文法的な間違いがある、などが彼の話し方の特徴。

『ヘンリー五世』において文体上の注目すべき点はそれだけではない。場面と状況に応じた文体が選び取られているのだ。例えば一幕一場、二場には同文体の繰り返しが多出するが（たとえばカンタベリー大司教とイーリーの司教が王を論じるくだり）、これはフォーマルな修辞法に則った政治的文体と言ってよかろう。二幕二場、サウサンプトンの場にあるのはスクループ、ケンブリッジ、グレイの、巧言令色によって真意を幾重にもコーティングしたような文体。

かつて『タイタス・アンドロニカス』を訳したとき、そこに「誰かに呼びかけ、命令する」という文型が頻出することに気づき、この残酷悲劇について心理療法家の故・河合隼雄さんと語り合ったときに、ご意見をうかがってみた。河合さんは即座にこうお答えになった、「ポイントは戦争じゃないでしょうか。戦場というのは命令文だけの世界なんですよ。命令に反対した者は殺される」（新潮文庫『決定版　快読シェイクスピア』二九七～二八頁参照）。

ヘンリー五世がハーフラー包囲戦を指揮するときの長ゼリフを訳した際、河合さんのこの指摘を思い出し、シェイクスピアの鋭敏な文体意識と河合さんの卓越した知見の両方に舌を巻いた。三幕一場の「いま一度突破口へ」に始まる三十数行は何と多くの命令文で成り立っていることか。

シェイクスピアはどの作品においてもそれまでには見られなかった新たなチャレンジをしている。『ヘンリー五世』では、お国訛りや外国語（フランス語）の混在、そして同一人物でも場面と状況に応じて変わる＝変える文体というのも挑戦のひとつだ。

各幕の冒頭にコーラス（口上）を置き、エピローグで締めるというきっちりした体裁も、「名君」を主人公とした『ヘンリー五世』にふさわしいと考えてのことだろうか。

本作の翻訳にあたり底本にしたのはT. W. Craik編注のアーデン・シェイクスピア版第三シリーズだが、以下の諸版にも常に当たった。A. R. Humphreys編注、Ann Kaegi改訂のペンギン・シェイクスピア版、Gary Taylor編注のオックスフォード・ワールズ・クラシックス版、Alan Durbandによる現代英語との対訳『シェイクスピア・メイド・イージー』版、Andrew Gurr 編注のニュー・ケンブリッジ・シェイクスピア版、Barbara A. Mowat と Paul Werstine 編注のフォルジャー・シェイクスピア・ライブラリー版、Roma Gill 編注のオックスフォード・スクール・シェイクスピア版、市川三喜・嶺卓二編注の研究社シェイクスピア版、高村忠明解説・補注のＮＨＫシェークスピア劇場版。

参照した先行訳は以下のとおり。坪内逍遥訳（第三書館『ザ・シェークスピア』）、大山俊一訳（筑摩書房『シェイクスピア全集』４史劇）、三神勲訳（開明書院『シェイクスピア戯曲選集』）、小田島雄志訳（白水社『シェイクスピア全集』白水Ｕブックス）。

本文の解釈、脚注、あとがきなどのために当たった参考文献は以下のとおり。*Narrative and Dramatic Sources of SHAKESPEARE* IV (ed.by Geoffrey Bullough, London : Routledge and Kegan Paul, New York : Columbia University Press)、*KING HENRY V: A Biography* (Harold F. Hutchison, Dorset Press, New York)、*Shakespeare's Kings* (John Julius Norwich, Simon & Schuster, New York, London, Toronto, Sydney, Singapore)、*The Genius of Shakespeare* (Jonathan Bate, Picador)『シェイクスピアのハーブ』（熊井明子著、誠文堂新光社）、『シェイクスピアの歴史劇　バラ戦争からチューダー朝成立まで』（井上准治著、近代文芸社）など。

本訳による初演は二〇一九年二月八日〜二十四日、彩の国さいたま芸術劇場大ホールにおける彩の国シェイクスピア・シリーズ第三四弾の公演である。

スタッフは以下のとおり。演出／吉田鋼太郎、美術／秋山光洋、照明／原田保、音響／角張正雄、衣裳／宮本宣子、ヘアメイク／佐藤裕子、擬闘／栗原直樹、演出助手／北島善紀、技術監督／小林清隆、舞台監督／やまだてるお。キャストは以下のとおり。コーラス（説明役）／吉田鋼太郎、ヘンリー五世／松坂桃李、フランス皇太子／溝端淳平、フランス王／横田栄司、ピストル／中河内雅貴、フルエリン／河内大和。間宮啓行、廣田高志、原慎一郎、出光秀一郎、坪内守、松本こうせい、長谷川志、鈴木彰紀*、竪山隼太*、堀源起*、續木淳平*、髙橋英希*、橋本好弘、大河原啓介、岩倉弘樹、谷畑聡、齋藤慎平、杉本政志、山田隼平、松尾竜兵、橋倉靖彦、河村岳司、沢海陽子、悠木つかさ、宮崎夢子。（*印はさいたまネクスト・シアター。二〇一八年十一月現在）

翻訳の過程で様々な疑問難問に直面するのはいつものことで、その都度頼もしくも優れたアドヴァイザーに助けられてきたが、この度は俳優・演出家・評論家であり、新国立劇場の養成所などで歌手を対象に発声法を教えてもいるティモシー・ハリス氏と、日本のシェイクスピア劇上演を研究しているロザリンド・フィールディング氏のお世話になった。この場を借りてお礼を申し上げます。

二〇一八年十一月

松岡和子

解説　英雄叙事詩の光と影

由井哲哉

『ヘンリー五世』は、シェイクスピアの歴史劇として一五九九年春頃に創作されたと考えられている。エセックス伯のアイルランド征伐といった時事的な事件ほかいくつかの状況証拠からそのように推定されているが、特にプロローグのコーラスによる「この木造のOの字型の劇場（this wooden O）にアジンコートの空気を震えあがらせた無数の兜を詰め込むことが叶いましょうか」（一二頁）の一節は、同年に建設されたとされる「グローブ座」への言及として、この作品の創作年代を決定づけている。木造の円形劇場という形状に触れたこの台詞は、シェイクスピアが自身の劇作の後半生の本拠地となるグローブ座について全作品中で触れた唯一の箇所として知られている。

この作品は、高貴で勇壮な英国の王ヘンリーが対仏戦争に勝利を収め国威高揚をもたらす「英雄叙事詩」である。芝居はアジンコートの戦いを頂点とする両国の駆け引きと戦況を骨子としながらいくつかの喜劇的場面をはさんだ直線的な構造となっており、華やかなトランペットとドラムの奏でるスピード感溢れる戦場スペクタクルとして初演以来英国人の間で特に人気を博してきた。最後にヘンリーがフランス王女キャサリンに求愛して結ばれる筋立ても、中世ロマンス物語の香りを残し、この芝居の人気の一因となっている。だが、一方でヘンリー五世自身は歴史劇の中でも特に評価の分かれる主人公である。英国を勝利に導く英雄的な王であるのか、それとも身内の陰謀者たちを斬りフランス兵捕虜の処刑を命じる冷酷な君主なのか、その人物評については今もって議論が絶えない。

作品のテーマはまさに戦いそのものにある。冒頭で、コーラス役はグローブ座という「小さな空間」の中に封じ込められた「炎の詩神」を呼び出し、「創造の輝かしい天の頂へと昇」(一一頁)るよう祈願する。小壜の中から精霊(genie)のごとく立ち上がった詩神は観客の想像力を掻き立て英仏の各場面を跳梁しながら物語を英国の勝利へと導く。だがそうした戦いの場面を舞台上で表象することがこの芝居の眼目ではない。それもそのはずで、冒頭のコーラスはこの「Oの字型の劇場」に大戦場を詰め込むことはできない、といきなり舞台空間の物理的限界を宣言してしまうのである。芝居の冒頭でコーラスが観客に芝居の不備を寛容な心と想像力で補うよう要請するのは古《いにしえ》から演劇の常套ではあるが、それにしては柿落しの劇場でこれから勇ましい戦いの物語を展開しようというのに、いきなり観客の興を削いでしまうコーラスの意図にわれわれは当惑せざるを得ない。このコーラスは二幕冒頭で、観客にサウサンプトンからフランスへの船旅の心準備をさせるにあたり、「狭い海峡に呪文をかけ穏やかにお通しします。首尾よくゆけば、この芝居のせいで船酔いに苦しむ方などお一人もありますまい」(四三頁)とも宣言する。まるで呪術師の呪文に操られた観客が想像力のなかで時空を飛び越える巨大船艦に乗り、移動《ワープ》するかのようである。

物語が進行してもこのコーラス役は舞台裏に引きこもることはない。物語が軌道に乗り始めるや、その流れを突然断ち切るかのように各幕の最初で登場し、自在に時空を飛ばしながら、その都度進行する物語に観客が没入するのを阻止しようとする。同時代の劇作家ベン・ジョンソンはシェイクスピアのこうしたコーラスの使い方を揶揄しているが、確かにプロローグとエピローグだけでなく、各幕の最初にコーラスを入れ、状況を説明させるやり方は演劇技法としても感心できるものではない。さらにこのコーラス役は次の幕で起きる出来事を前もって予告し観客の期待を煽るのだが、実際にはその後に展開される舞台上のアクションがプロローグの予告を裏切ることもしばしばである。それらはヘンリーの英雄的な理想と劇化されたアクションの非英雄的な溝を生み出すばかりなのである。

われわれはこうした戸惑いをおぼえながらも、英国軍の勝利という既定の事実については何ら疑念を持つことはなく勝利へ向けた物語の潮流に身を委ねる。こうしたコーラス役さらに作品全体の約三分の一を占める能弁なヘンリー王を水先案内人として、われわれも「船酔いに苦しむ」こともなく、大船に乗った気持でこの劇の進行を見守ることになる。ところがである。物語は既定路線の通り劣勢を覆した英国が勝利を収めるのだが、「その晩の国王ハリーの一端」（一三三頁）に見合うような活躍ぶりをヘンリーが見せることは最後までない。さらに四幕で戦いが終わり五幕のコーラスで凱旋帰国の様子が語られたあとは、ガワーとフルーエリンの葱問答、それにヘンリーのキャサリンへの求愛で物語は締めくくられる。戦いの張り詰めていた空気は緩み、観客の胸に膨らんだ風船は一気に凋んでしまう。この竜頭蛇尾の感覚は英雄叙事詩の結末とはほど遠い。さらにエピローグでは、ヘンリー五世の勝ち得た領土が息子のヘンリー六世によってフランス軍に奪還されるという、勝利に水を差す情報まで語られる。芝居のクライマックスは英国の勝利にあるわけではないのだ。

『ヘンリー五世』は単独の作品としてよりも、前後の作品も含めた一連の歴史絵巻として眺められるべきである。ヘンリー五世の父ヘンリー四世は、その前の王リチャード二世から王位を簒奪したことで、終生偽造貨幣としての負い目を感じていた。四幕一場で、ヘンリー五世は「今日だけは、私の父が王冠を手に入れるために犯した罪をお忘れください」(一五二頁)と独白するが、父の罪は彼の心にも重くのしかかっている。だが、『ヘンリー四世・全二部』では、若き王子ハルはそうした父王の苦悩を気にかけることなく、悪友フォルスタッフたちとともに放蕩の青春時代を過ごす。やがてハルは父王の死とともにヘンリー五世として王位に就くや、かつての盟友フォルスタッフを斬り捨て(その死が二幕一場で仲間たちによって報じられる)、放蕩生活にも別れを告げて新たに生まれ変わり、放蕩無頼の青年王子から清濁併せ呑む名君へと華麗な変貌を遂げるのである。

だが歴史上のヘンリー五世は三十代なかばで命を落としその治世は長く続かない。若くしてあとを継いだ息子ヘンリー六世はエピローグに記されているように、内乱や周囲の軋轢に翻弄され、対外的にも父親の奪ったフランス領土をジャンヌ・ダルクに鼓舞されたフランス軍に奪還されてしまう。シェイクスピアはこの失意に沈んだ王を『ヘンリー六世・全三部』の処女作として一五九〇年頃にすでに世に送り出している。観客は、父親のあとを継ぐことになる息子の歴史がすでに以前の舞台で上演されたことと、同時にこの『ヘンリー六世』の冒頭がヘンリー五世の葬儀で幕を開けることを想起するに違いない。未来の王たるヘンリー六世の物語がすでに過去に上演されているという時間的なねじれ、しかもその物語の冒頭で亡くなったはずの英雄の王ヘンリー五世が目の前の舞台で甦るという輪廻と円環の感覚を持ちながら、観客は新しく生まれ変わったばかりのグローブ座で過去の記憶を清算しようとしながら、一方で父の代の偽造貨幣の苦い記憶をも引きずったまま「短いあいだ」（二三五頁）のヘンリー五世の戦勝の歴史を眺めることになる。

　本来直線的で後戻りできない歴史は芝居の中でヘンリー五世の生涯の束の間の栄光を描きながら、過去のヘンリー四世の物語と未来のヘンリー六世の物語を逆順で観客の頭に残像のように焼き付ける。われわれは、ヘンリー五世というフィルターを通して、過去と未来が現在のなかに映し出されている姿を垣間見る。壜の中に封じ込められていた精霊を呪文で呼び出す詩の働きによって、過去の人物は瓦礫の中から掘り起こされ、再解釈され、新たに葬り直されるのである。そうなると芝居は叙事詩の形を取った鎮魂歌と化す。

　失意の英国史の中に咲いた徒花として一時の栄光を謳歌することになるヘンリー五世の勝利への道のりは決して平坦ではない。冒頭の司教たちとその政治的宗教的偽善、フランス皇太子からのテニスボールによる嘲笑、自ら斬り捨てた盟友フォルスタッフの死、冷酷なアレクサンダー大王との比較、腹心の陰謀者やフランス人捕虜の処刑、変装して味方の軍に潜り込んだ際の兵卒たちの本音、「亡霊と見まごうばかり」（一三二頁）の兵士たちを従えた劣勢の戦況など、ヘンリーの栄光の裏には様々な暗い影が見え隠れする。

だが、そうした暗い影を背負いながらも、ヘンリーの顔に暗さはなく「明るいご様子と優しさのこもる威厳」（一三二頁）をたたえている。それはヘンリーが詩神の力を信じていたからだ。詩の目的は存在しているものを表現することだけにあるのではない。詩はまだ存在していない行動を誘発し喚起するための呪文であり、また隠されている美や名誉や愛の価値を引き出す表現媒体でもある。戦いそのものを描くのではなく、戦いの背後に潜む名誉の概念を引き出す器なのである。

そしてまた、芸術形態としての演劇にも同じことが言える。シェイクスピア以後の演劇は、詩を軽視し、スペクタクルな仕掛けを採り入れながら見世物としての複雑な表現媒体と化していく。生々しい戦場の場面なら、映画が現実味のある映像を映し出してくれるであろう。だが、演劇が本来他の媒体の担うべき多様な負荷を帯びすぎると、演劇としての結晶度は失われていく。三幕一場の冒頭、ハーフラーの城門前でヘンリーは「いま一度突破口へ」（'Once more unto the breach'）、友人諸君、いま一度」（八四頁）と味方を鼓舞する有名な台詞を口にするが、この勇ましい号令が意気消沈したイギリス陣営に響き渡るとき、その重々しい声はハーフラーの突破口を浸して戦場の空気をやわらかに包み込むに違いない。この号令が向けられるのは戦場の兵士に対してだけではない。これは演劇という媒体そのものに対して向けられる劇作家の声でもあるのだ。

一五八八年のスペイン無敵艦隊の撃破や同時代の劇作家クリストファー・マーロウの勇壮な芝居が人気を博した国威高揚の機運はそれから十年を経た『ヘンリー五世』上演の頃にも残り火のように人々の心にくすぶっていた。勢い、この芝居もスペクタクルを主眼に置き愛国心を前面に押し出した演出にならざるを得ないし、そうすることで多くの観客を熱狂させたことは事実であろう。だがスペクタクルに傾くことがシェイクスピアの本意ではない。戦いの英雄を描くにあたり、あえて戦闘の場面の描写を放棄したシェイクスピアは、戦場という最も劇化しにくい主題を実験材料としながら、末尾にゼロを加える「炎の詩神」の力で、ゼロにも等しい舞台を百万倍にも立ち上げようとしたのである。

⚜戦後日本の主な『ヘンリー五世』上演年表（一九四五年～二〇一九年）

松岡和子

＊上演の記録は東京中心。脚色上演を含む。
＊配役の略号は、ヘンリー五世＝KH、エクセター公爵＝E、フルエリン＝F、ガワー＝G、ジェイミー＝J、マクモリス＝M、バードルフ＝B、ピストル＝P、フランス王シャルル＝C、皇太子ルイ＝L、キャサリン＝K

一九七九年九月　シェイクスピア・シアター＝小田島雄志訳／出口典雄演出／KH＝田代隆秀、E＝内田聡明、F＝松井純郎、G＝石塚運昇、J＝松本保、M＝小木曾俊弘、B＝須田壮平、P＝南条忍、C＝牛尾穂積、L＝池田省三、K＝駒形さち子／東京・ジァン・ジァン

一九九〇年四月　朗読シェイクスピア全集＝小田島雄志訳／荒井良雄朗読／東京・岩波シネサロン

二〇〇七年二月　楠美津香ひとりシェイクスピア『超訳ヘンリー五世』＝小田島雄志訳を参考にした脚色／東京・労音東部センター。二〇〇八年、二〇一七年に旭川、二〇〇九年、二

○一二年、二〇一四年に東京、二〇一六年に横浜で再演。

二〇一〇年四月 板橋演劇センター＝小田島雄志訳／遠藤栄藏演出／W／EIZI美術／小関英勇照明／えみこ衣裳／堀内宏史効果／KH＝鈴木吉行、E・M＝富田祐一、F・C＝村上寿、G・L＝本間泰司、J＝遠藤栄藏、K＝西小雪／東京・板橋区立文化会館小ホール

二〇一四年八月 文学座＝リーディング公演（『ソネット集』との二本立て）＝小田島雄志訳／鵜山仁演出／外山誠二・前東美菜子・乗峯雅寛美術／中島俊嗣照明／KH＝高塚慎太郎、E・G＝大滝寛、F＝外山誠二、B・C＝内藤裕志、P＝宮澤和之、K＝鹿野真央／東京・文学座アトリエ

二〇一四年十一月 明治大学シェイクスピアプロジェクト『組曲　道化と王冠』（第一部『ウインザーの陽気な女房たち』、第二部『ヘンリー五世』）＝Corrupters訳／team Band of Brothers演出（学生による共同訳・演出）／横内謙介監修／KH＝小渕竜治、E＝富田康介、F＝浦田大地、G＝横道勇人、J＝土田優斗、M＝沼野匠哉、B＝秋田周佑、P＝大津留彬弘、C＝秋山将、L＝斎藤拓也、K＝粕谷真緒／東京・明治大学アカデミーホール

二〇一八年五月〜六月　新国立劇場＝小田島雄志訳／鵜山仁演出／島次郎美術／服部基照明／上田好生音響／前田文子衣裳／KH＝浦井健治、E＝浅野雅博、F＝横田栄司、G＝吉村直、J＝内藤裕志、M＝櫻井章喜、B＝松角洋平、P＝岡本健一、C＝立川三貴、L＝木下浩之、K＝中嶋朋子／東京・新国立劇場中劇場

二〇一九年二月　彩の国さいたま芸術劇場＝松岡和子訳／吉田鋼太郎演出／秋山光洋美術／原田保照明／角張正雄音響／宮本宣子衣裳／KH＝松坂桃李、E＝廣田高志、F＝河内大和、G＝齋藤慎平、J＝谷畑聡、B＝岩倉弘樹、P＝中河内雅貴、C＝横田栄司、L＝溝端淳平、K＝宮崎夢子、説明役＝吉田鋼太郎／埼玉県さいたま市・彩の国さいたま芸術劇場大ホール（二〇一八年十一月現在の予定）

《来日公演》

一九七二年二月　ロイヤル・シェイクスピア・カンパニー＝ジョン・バートン演出／アン・カーティス装置／ガイ・ウールフェンデン音楽／クライブ・モリス照明／KH＝マイケル・ウィリアムズ、E＝リチャード・メイズ、F＝バーナード・ロイド、G・C＝ゴードン・ゴストロウ、J＝デニス・ホームズ、M・B・L＝ピーター・ウッドソープ、P＝モーガン・シェパード、K＝ジュリエット・エイクロイド／東京・日生劇場

一九八八年四月　イングリッシュ・シェイクスピア・カンパニー＝マイケル・ボグダノフ演出／クリ

ス・ダイヤー装置／ステファニー・ハワード衣裳／マーク・ヘンダーソン照明、テリー・モーティマー音楽／KH＝マイケル・ペニントン、E＝イアン・バーフォード、F＝ショーン・プロバート、G＝マイケル・フェナー、J＝ベン・バゼル、M＝マイケル・クローニン、B＝コリン・ファレル、P＝ジョン・キャッスル、C＝クライド・ポリット、L＝アンドリュー・ジャーヴィス、K＝メアリー・ラザフォード／東京グローブ座

「ヘンリー五世」関連年表

松岡和子

一三八七年九月一六日	ウェールズのマーチェズ南部にあるモンマス（Monmouth）城で誕生。
一三九四年七月	母死去（ヘンリー七歳）
一三九八年	シュルーズベリーでの議会。ボリングブルックがトマス・モーブレーを糾弾する。両者ともに追放に処される。（『リチャード二世』一幕一場）
一三九九年	ボリングブルックの父、ジョン・オヴ・ゴーント没（『リチャード二世』二幕一場）
五月	リチャード二世のアイルランド遠征に同行（十二歳）
九月二九日	リチャード二世退位
一〇月一三日	父ヘンリー・ボリングブルック、ヘンリー四世として即位
一四〇〇年二月一四日	リチャード二世没
一四〇五年	ノーサンバランドとヨーク大司教の叛乱（『リチャード二世』）
一四一三年	ヘンリー四世没（『ヘンリー四世』第二部） ヘンリー五世即位（『ヘンリー四世』第二部五幕五場、『ヘンリー五世』**は即位二年後の一四一五年から始まる**）
一四一五年七月六日	対フランス戦のためサウサンプトンに向かう この地でスクループらの陰謀が明らかになる（二幕二場）
七月二〇日	三名逮捕
八月二日	サウサンプトンの法廷で三名とも有罪となりグレイは処刑される
五日	スクループとケンブリッジは貴族法廷で有罪となり処刑
七日	九千の軍隊を率いてサウサンプトンから出発

一三日	セーヌ河口のシェフ・ドゥ・コーに上陸、アルフルール（ハーフラー）包囲戦開始
九月二三日	アルフルール（ハーフラー）降伏（三幕一場〜三場）
一〇月二五日	アザンクール（アジンコート）の戦い（三幕七場〜四幕八場）
一四二〇年五月二一日	トロワの和約（五幕二場）
六月	ヘンリーとフランス王女カトリーヌ（キャサリン）の結婚
一四二一年	ヘンリー六世誕生
一四二二年八月	ヘンリー五世没
一〇月	フランス王シャルル六世没

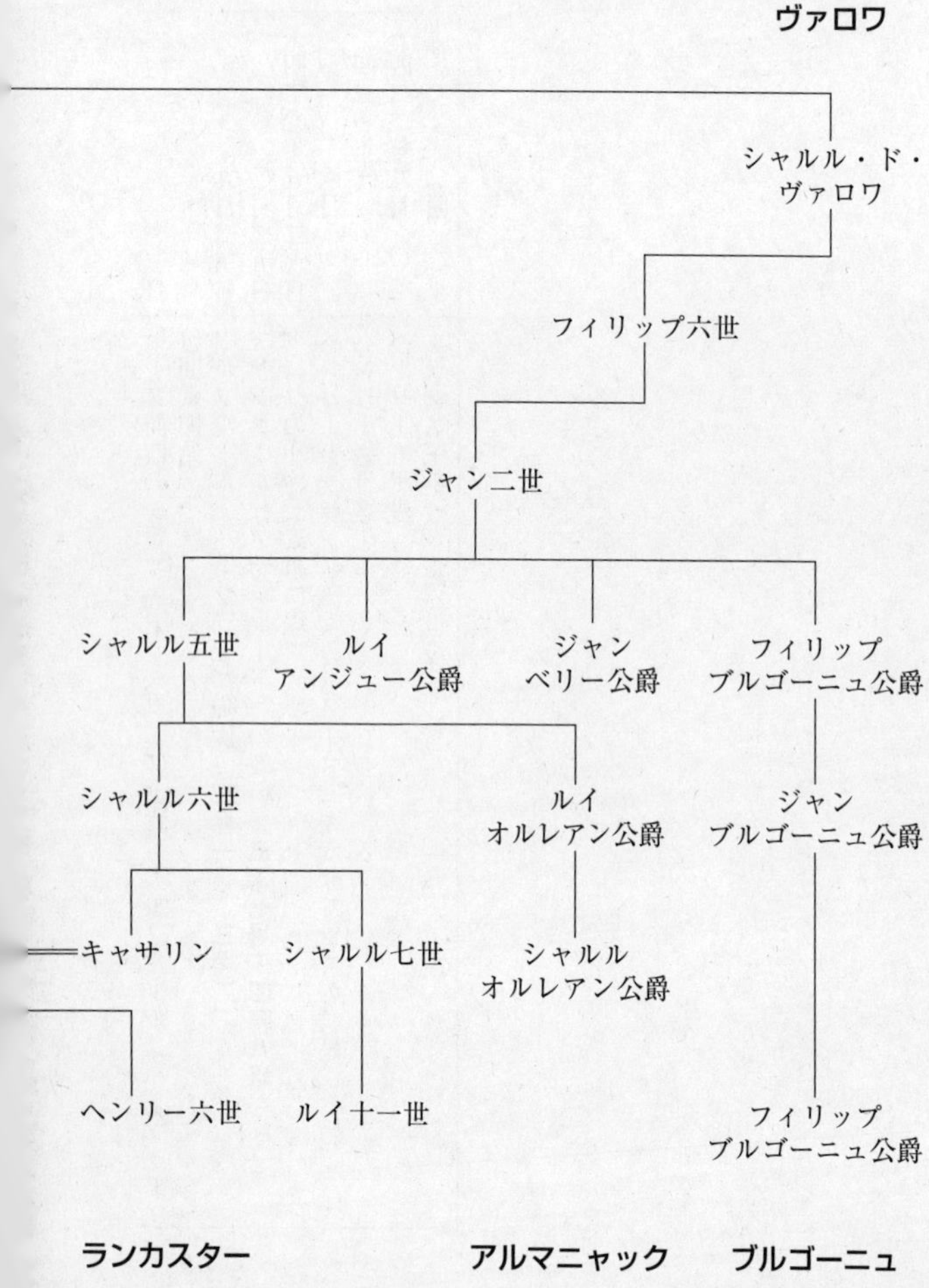
ヴァロワ
シャルル・ド・
ヴァロワ
フィリップ六世
ジャン二世
シャルル五世
ルイ
アンジュー公爵
ジャン
ベリー公爵
フィリップ
ブルゴーニュ公爵
シャルル六世
ルイ
オルレアン公爵
ジャン
ブルゴーニュ公爵
キャサリン
シャルル七世
シャルル
オルレアン公爵
ヘンリー六世
ルイ十一世
フィリップ
ブルゴーニュ公爵
ランカスター
アルマニャック
ブルゴーニュ

『ヘンリー五世』関係系図①

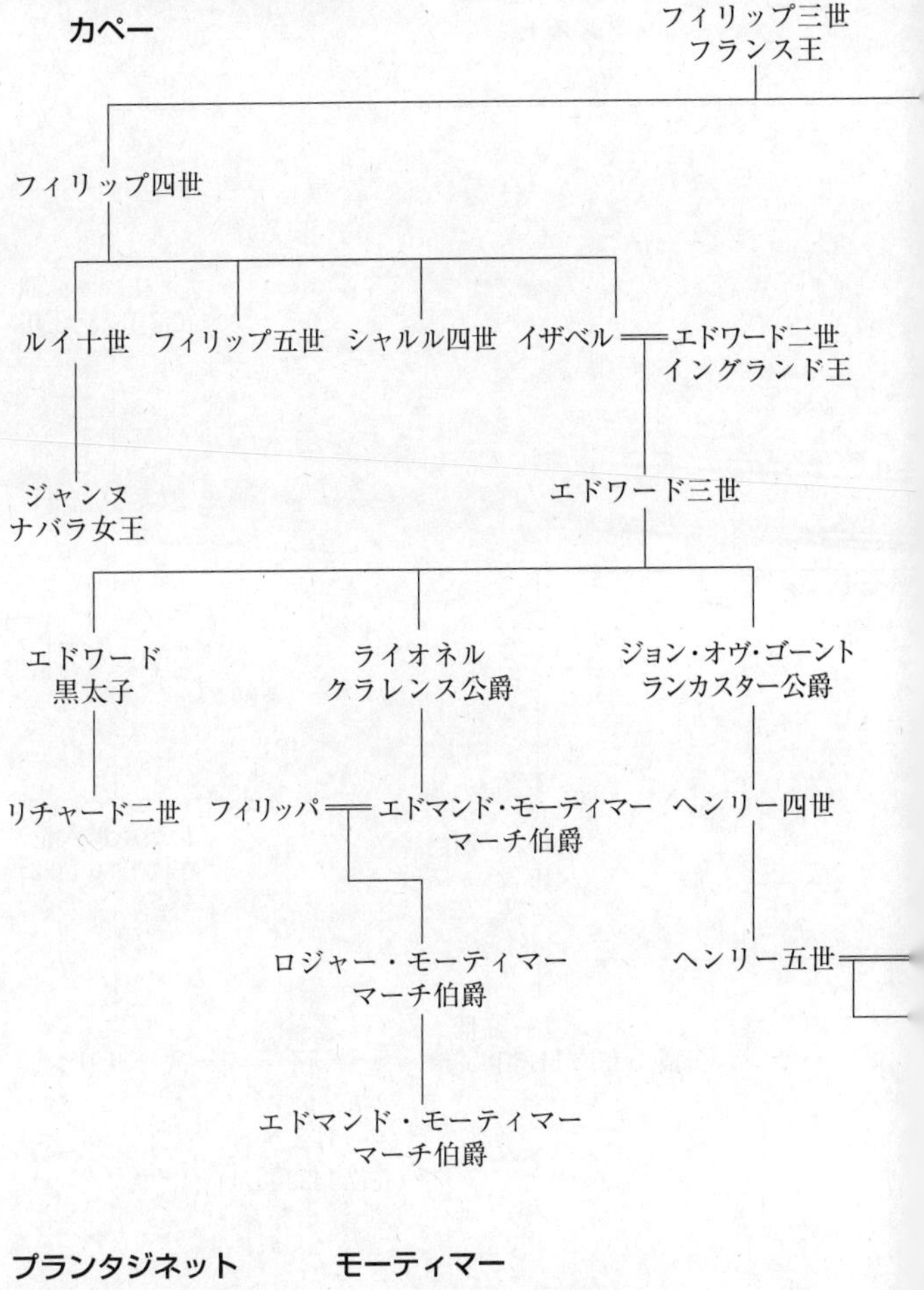

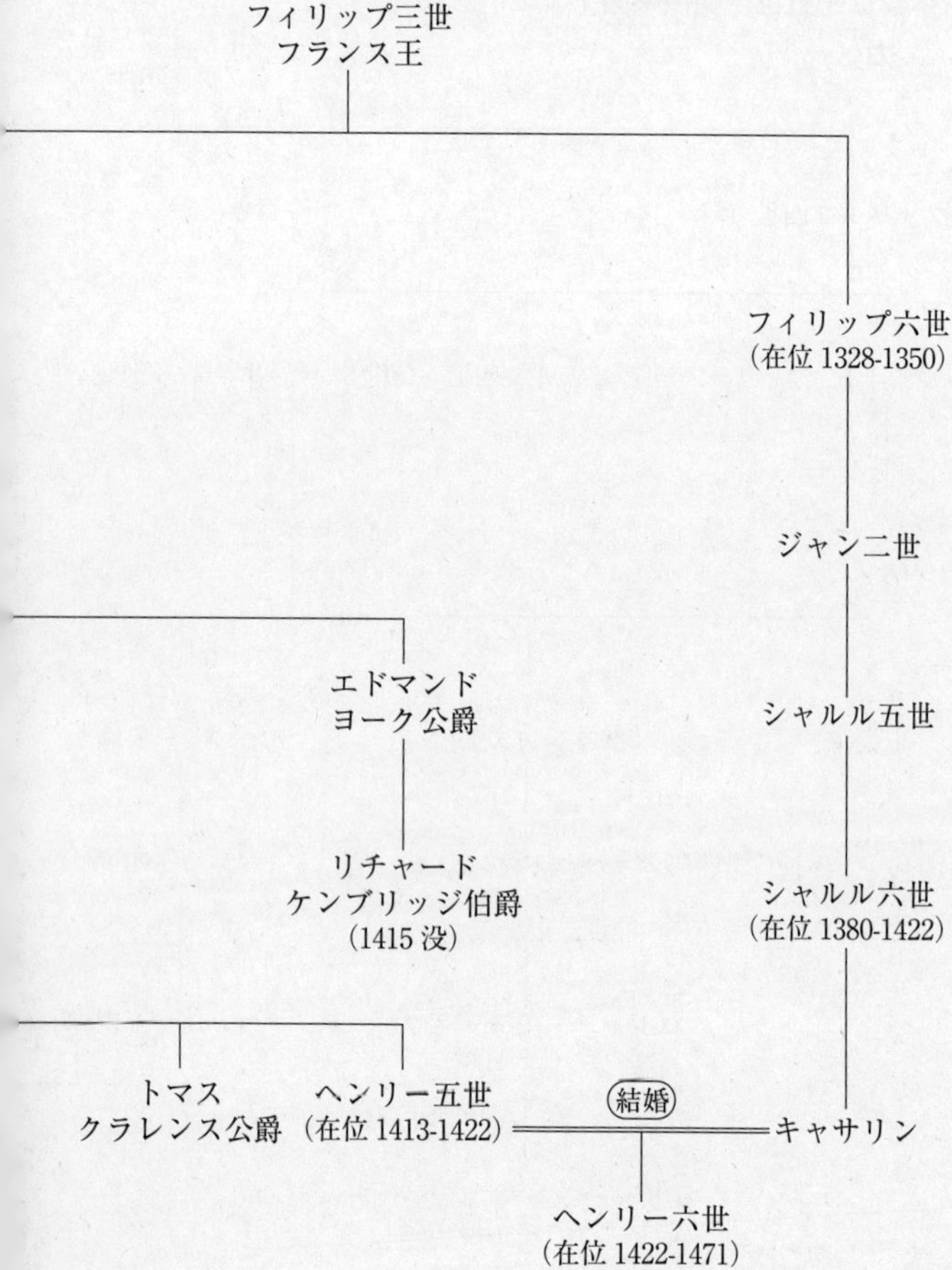
フィリップ三世
フランス王
フィリップ六世
(在位 1328-1350)
ジャン二世
エドマンド
ヨーク公爵
シャルル五世
リチャード
ケンブリッジ伯爵
(1415 没)
シャルル六世
(在位 1380-1422)
トマス
クラレンス公爵
ヘンリー五世
(在位 1413-1422)
結婚
キャサリン
ヘンリー六世
(在位 1422-1471)

『ヘンリー五世』関係系図②

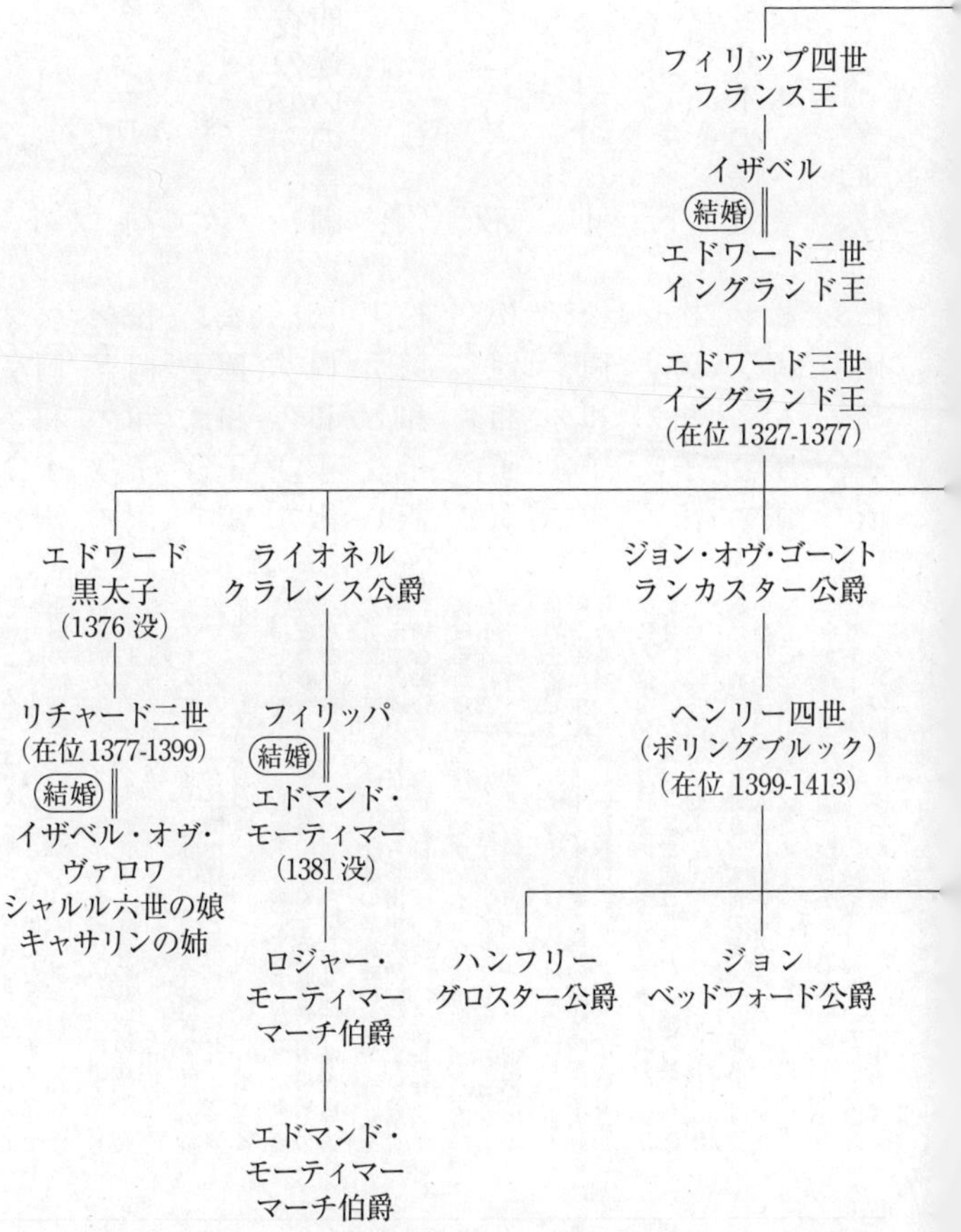

ペリクリーズ　シェイクスピア　松岡和子訳

シェイクスピア最初のロマンス劇。苛酷な運命を乗りこえ、歳月をへて喜びに包まれるペリクリーズと家族の不思議な物語。（河合祥一郎）

タイタス・アンドロニカス　シェイクスピア　松岡和子訳

ゴート人征討大将軍タイタス。戦死した息子の弔いにゴート女王の息子を屠るが、愛娘が凌辱と手舌切断の仕返しに……。凄惨復讐劇。（由井哲哉）

オセロー　シェイクスピア　松岡和子訳

元老院議員の娘デズデモーナと結婚し、幸福の絶頂にある将軍オセロー。だが策略の罠に嵌ったオセローは嫉妬に狂った末に――。（中野春夫）

コリオレイナス　シェイクスピア　松岡和子訳

誇り高きローマの将軍コリオレイナスは、民衆の支持を得られずに祖国から追放される。復讐に燃える孤独な英雄の葛藤と悲劇。（河合祥一郎）

お気に召すまま　シェイクスピア　松岡和子訳

「一目惚れでなければ恋にあらず」アーデンの森を舞台に数組の男女が織り成す風刺の効いた恋愛喜劇。（前沢浩子）

恋の骨折り損　シェイクスピア　松岡和子訳

ナヴァール王国の若き王ファーディナンドと三人の友人貴族、フランス王女と三人の美しい侍女達が繰り広げる小気味よい恋愛劇。（由井哲哉）

から騒ぎ　シェイクスピア　松岡和子訳

舞台はシチリア島メッシーナ。青年貴族クローディオとベネディックが二人の娘と繰り広げる小気味よい恋愛劇。（中野春夫）

冬物語　シェイクスピア　松岡和子訳

妻と友人の仲を疑うシチリア王レオンティーズの嫉妬は数々の悲劇をもたらすが、16年後すべての誤解が解ける。晩年のロマンス劇。（前沢浩子）

ヘンリー六世 全三部　シェイクスピア　松岡和子訳

歴史に翻弄される王ヘンリー六世と王を取り巻く人々を描いた長編史劇三部作。王侯貴族から庶民までが骨肉の争いを繰り広げる。（河合祥一郎）

じゃじゃ馬馴らし　シェイクスピア　松岡和子訳

ヴェローナの熱血紳士ペトルーチオがパドヴァのじゃじゃ馬娘キャタリーナと結婚し、その「調教」に乗り出すが……。軽快な喜劇。（前沢浩子）

アントニーとクレオパトラ　シェイクスピア　松岡和子訳

ローマの武将アントニーはエジプト女王クレオパトラとの恋に溺れ、ローマと敵対。帝国の命運をかけた恋は劇的な結末を迎える。（由井哲哉）

シンベリン　シェイクスピア　松岡和子訳

ブリテン王シンベリンの娘イノジェンは、イタリア人ヤーキモーの罠にはまり不貞を疑われる。悲劇の後、幸福な結末に至るロマンス劇。（前沢浩子）

トロイラスとクレシダ　シェイクスピア　松岡和子訳

トロイラスの恋人クレシダは、ギリシャ軍の捕虜となる。敵と対峙したトロイラスが見た光景は――。トロイ戦争を題材にした恋愛悲劇。（中野春夫）

ヘンリー四世　全二部　シェイクスピア　松岡和子訳

謀反と叛乱に翻弄される王ヘンリー四世の治世下で、王子ハルとほら吹き騎士フォルスタッフの軽快な掛け合いが人気の史劇。（河合祥一郎）

ジュリアス・シーザー　シェイクスピア　松岡和子訳

ローマへ凱旋したシーザーをブルータスらは刺殺する。しかしマーク・アントニーの巧みな演説で民衆は心を動かされ、形勢は逆転する。（由井哲哉）

リチャード二世　シェイクスピア　松岡和子訳

従兄弟ボリングブルック（のちのヘンリー四世）の復讐心から、屈辱のうちに暗殺された脆弱な国王リチャード二世の悲痛な運命を辿る。（前沢浩子）

ヴェローナの二紳士　シェイクスピア　松岡和子訳

ヴェローナの青年紳士プローティアスとヴァレンタインが巻き起こす恋愛騒動の結末は――。シェイクスピア初期の喜劇作品。（中野春夫）

尺には尺を　シェイクスピア　松岡和子訳

性、倫理、欲望、信仰、偽善、矛盾だらけの脆い人間たちを描き、さまざまな解釈を生んできたシェイクスピア異色のシリアス・コメディ。（井出新）

アテネのタイモン　シェイクスピア　松岡和子訳

なみはずれて気前のいいアテネの貴族タイモンをとりまく人間模様。痛烈な人間不信と憎悪、カネ本位の社会を容赦なく描いたきわめて現代的な問題作。

「もの」で読む入門シェイクスピア　松岡和子

シェイクスピア劇に登場する「もの」から、全37作品の意図が克明に見えてくる。「世界で最も親しまれている古典」のやさしい楽しみ方。（安野光雅）

アーサー王ロマンス　井村君江

アーサー王と円卓の騎士たちの謎に満ちた物語。戦いと愛と聖なるものを主題にくり広げられる一大英雄ロマンスの、エッセンスを集めた一冊。

キャッツ　T・S・エリオット　池田雅之訳

劇団四季の超ロングラン・ミュージカルの原作新訳版。あまのじゃく猫におちゃめ猫、猫の犯罪王に鉄道猫。15の物語とカラーさしえ14枚入り。

高慢と偏見（上）　ジェイン・オースティン　中野康司訳

互いの高慢さから偏見を抱いて反発しあう知的な二人がやがて真実の愛にめざめてゆく……絶妙な展開で深い感動をよぶ英国恋愛小説の名作の新訳。

高慢と偏見（下）　ジェイン・オースティン　中野康司訳

互いの高慢からの偏見が解けはじめ、聡明な二人は急速に惹かれあってゆく……。あふれる笑いと絶妙の展開で読者を酔わせる英国恋愛小説の傑作。

分別と多感　ジェイン・オースティン　中野康司訳

冷静な姉エリナーと、情熱的な妹マリアン。好対照をなす姉妹の結婚への道を描くオースティンの永遠の傑作。読みやすくなった新訳で初の文庫化。

説得　ジェイン・オースティン　中野康司訳

まわりの反対で婚約者と別れたアン。しかし八年後思いがけない再会が。繊細な恋心をしみじみと描くオースティン最晩年の傑作。読みやすい新訳。

ノーサンガー・アビー　ジェイン・オースティン　中野康司訳

17歳の少女キャサリンは、ノーサンガー・アビーに招待されて有頂天。でも勘違いからハプニングが……。オースティンの初期作品、新訳&初の文庫化！

マンスフィールド・パーク　ジェイン・オースティン　中野康司訳

伯母にいじめられながら育った内気なファニーはいつしかいとこのエドマンドに恋心を抱くが――。恋愛小説の達人オースティンの円熟期の作品。

ジェイン・オースティンの言葉　中野康司

オースティンの長篇小説を全訳した著者が、作品中の含蓄ある名言を紹介する。オースティン・ファンもこれから読む人も満足する最高の読書案内。

タオ――老子　加島祥造

さりげない詩句で語られる宇宙の神秘と人間の生きるべき大道とは？　時空を超えて新たに甦る『老子道徳経』全81章の全訳創造詩。待望の文庫版！